隐 身 衣

格非 —— 著

北京出版集团
北京十月文艺出版社

新经典文化股份有限公司
www.readinglife.com
出 品

目 录
Contents

KT88
1

《培尔·金特》
11

奶妈碟
31

短波收音机
53

《天路》
81

AUTOGRAPH
95

莲 12
115

萨蒂,《玄秘曲》
123

红色黎明
143

莱恩哈特
149

300B
175

KT88

早上九点,我准时来到了褐石小区的一幢公寓楼前。这个小区就在圆明园的东侧,北边紧挨着五环路的高架桥,因为轰动一时的"周良洛案",它在此前很长一段时间里,变得尽人皆知。不过,我还是第一次到这里来。我给八号楼的一个客户做了一台 KT88 的电子管功放,用来推他刚买的阿卡佩拉书架箱。阿卡佩拉带喇叭花的 Campanile,在北京城并不罕见,开声时高音单元闪着幽蓝的弧光,有点神秘莫测;可新出厂的这款书架箱,我只是在发烧音响杂志上见过照片。为了制作一台足以与她相匹配的电子管功放,我没日没夜地干了两个星期。但说句实话,能不能推出好声来,我心里可是一点都没把握。

秋已渐深,雨后的天空开始放晴。空气的能见度很高,仿佛你只要一伸手,就可以触摸到圆明园探出院墙外的烟树和百望山的宝塔。如果再下一两场霜,西山一带的枫叶大概就要红了吧。可我的心情,却不像天气那么好。就在五分钟之前,我接到了姐姐崔梨花打来的一个电话。姐夫昨晚喝了太多的酒,他用大头皮鞋直接踹她的"要害"。今天早上,姐姐就开始尿血了。她的哭诉令人厌烦,我照例一声不吭。我倒不是不想安慰她,因为我感觉到她的哭诉后面,藏有另外的隐情。果然,哭到后来,姐姐忽然就对我说出了下面这一段话:

"我实在受不了了。你就行行好吧。我也不想这样。看在姐弟的情分上,你就可怜可怜我吧,算我求你了……"

她在电话中哑哑地向我喊叫,语调中既有哀求,也有愤怒。就好像用大头皮鞋踹她"要害"

的，不是混蛋常保国，而是我似的。

我刚挂了电话，三单元的那扇防盗门就推开了。一个身穿灰色运动衫的女人，从门里探出半个身子，瞅了瞅我，又瞅了瞅停在门前的那辆泥迹斑斑的金杯车。最后，她的目光落在了那款KT88上，笑了。

"啊，还挺漂亮！"她随口说道。

你可以把她的这句话理解为一种礼貌的赞叹，也可以当成一种淡淡的揶揄。她说话的样子有点像玉芬。脸形和身材也像。我忍不住多看了她两眼，心里就有些恍惚，也有点伤感。我费尽心思制作的这台KT88，就搁在门前的水泥台阶上，它那银灰色的机身，在早上清明的阳光下，熠熠发亮。

向我订购这台胆机的人，是她的丈夫。我是在去年十月底的国际音响展上认识他的，人很矜持，也有点腻歪。我只听说他是一位教授，具体是研究什么的，在哪所大学任教，我就说不上来了。他的主意一变再变。先是让我给他做一台EL34，机身差不多已经做出来了，他又打来电话，让我将它改成功率更为强大的KT88。

此刻，他正坐在光线黯淡的餐厅里，与一位朋友喝茶聊天。我抱着那台沉重的KT88，经过他身边的时候，他并未中止与朋友的谈话，只是严肃地冲我微微颔首而已。据我跟教授们打交道的经历，我发现凡是有学问的人，总能轻而易举地让你自惭形秽。他的那位朋友呢，看上去也不是一般人。嘴唇上留着浓密的胡子，看上去有点像恩格斯。

女主人还算热情，她问我是愿意喝茶还是咖啡。我说随便，她就果然随便了起来。稍后端来的，竟然是一杯橙汁。我在摆弄机器的时候，她就趴在长沙发的靠背上，一动不动地看着。她的样子，怎么看都有点像玉芬。

其实，我的工作很简单：在机身上安上英国GEC的KT88电子管以及美国RCA的5U4整流管，然后测定一下它的工作电压，再接上讯号线和喇叭线，就算完事了。我注意到，那对阿卡佩拉书架箱离墙近了一些，就问她能不能调整一下音箱的摆位。一般来说，扬声器离墙太近，导向孔形成的反射和驻波，会让低频有些发闷，这是常识。还没等女主人搭腔，那位教授在餐厅里忽然扭过头来，朝我很不友好地喊了一声：

"别乱动！"

女人朝我眨了眨眼睛，吐了下舌头，笑着说："就这样吧。别管它。他从不让人动他的东西。咱们，放首音乐来听听，怎么样？"

"不急，再等一会儿。电源刚接上，机器还没有煲开。"

"啊，这么复杂！"仍然是那种一半是好奇，一半是揶揄的口吻。

我只得耐心地向她解释，为了让胆机发出好听的声音，预热的时间一般不能少于二十分钟，这是我的原则。她也是一位教师，在附近的体育大学教学生打排球。我简单地打了个比方，她立刻就理解了"热身"的重要性。

在等待机器烧热的这段时间中,我开始一张一张地翻看茶几上的那摞CD唱片。都是些过时的流行音乐。不是梅艳芳,就是张学友,当然还有蔡琴。其中大部分是盗版。我对客户们的音乐趣味没有什么意见。你是喜欢文艺复兴、巴洛克,还是浪漫派,抑或是爵士、蓝调,甚至是录音极其夸张的"鬼太鼓"或"打碎玻璃"一类的发烧碟,我一概都无所谓。可是,说实话,花上将近十五万元,购置一对小小的阿卡佩拉书架箱,用来听盗版的梅艳芳,多少有点不可思议。同时,我也悲哀地意识到,在过去的两个星期里,耗费那么多的心力来使这款功放尽善尽美,简直有点自作多情。其实,若要听这一类的玩意儿,你只需花上五百元,到海龙电子市场,配一对廉价的电脑音箱就足够了。

当然,我什么话都没说,只是委婉地问她用什么唱片来试音。女人说,她无所谓。反正他们家全部的"音乐",都在这茶几上。

教授和他的朋友仍然在客厅里小声地闲聊。一般来说，知识分子间的谈话，你是很难听得懂的。你听不懂也没啥奇怪的，但他们说话时那种郑重其事的腔调和口吻，却不由得你不着迷。那是一种能够让任何荒唐的观点立刻变得入情入理的腔调。比如说，那个长得像恩格斯的人，不知怎么搞的，忽然就夸奖起慈禧太后来。他说：

"幸亏当年，慈禧太后贪污了海军用来造军舰的一笔款子，在西山脚下修建了颐和园。要不然，甲午硝烟一起，还不照样他妈的灰飞烟灭？由此可见，贪污也不见得是一件坏事。你不得不佩服慈禧她老人家的远见。经她这一折腾，且不说为我们留下了一处世界文化遗产，单单是门票收入，一年下来是多少钱？我就住在颐和园的西南角，只要不下雨，我每天下午都骑自行车去园子里转转，从南如意门进去，从北宫门出来。二十年下来，嗨，四季美景，怎么都看不厌……"

一听他说起慈禧，我的精神突然为之一振。我的曾祖父曾进宫给慈禧唱过戏，还得到过两匹她老人家赏赐的绸缎。听他这么公开为慈禧翻案,我心里着实挺受用——再说,我也很迷那个园子,尤其是玉带桥附近的山水风光。只是近些年来,门票一涨再涨,屈指一算,我差不多已经有七八年没进去过了。关于慈禧,我祖父常常挂在嘴上的一席话,听上去要比"恩格斯"客观得多。他说,慈禧的精明过人,自然是不消说的,但这个人,却没有大的识见,也就是说,小地方精明,大地方昏聩,不过一庸常妇人罢了。她没能把握住朝代更替之际的历史机遇,在选择保大清,还是保国家这件事上,她悲剧性地选择了前者,被人钉上历史的耻辱柱,一点都不冤枉。

听罢"恩格斯"的一番高论,对面的那位教授频频点头。可教授接下来的一番话,听起来却多少有点离谱。他表示很认同对方的看法。甚至,他认为连抗日战争也完全没有必要打。如果在开战之初就立刻缴械投降的话,少死几千万人不说,中国和日本联起手来抗衡欧美,世界格局也许会发生重大变化。而且，他一直认为，和李鸿章、袁世凯一样，汪精卫这个人，也是位不可多得的民族英雄，应该重新评价，予以彻底平反。他还引用了一段"珍珠港事变"爆发时汪精卫所写的日记。

他很喜欢用"不是吗？"这样一个反问句，来强化自己的观点。好像一旦用了这个反问句，他那耸人听闻的陈词滥调，就会立刻变成真理似的。

虽说我不能算是一个民族主义者，虽说我一直不知道该如何去反驳教授的观点，虽说我对知识分子一向尊敬，但听了他刚才的那番论调，我心里立刻就升起了一股无名火来。怎么说呢？他的话让我感到屈辱，就好像别人挖了你家祖坟似的，我很想过去与他争辩一番。而且，更让我感到吃惊的是，他在大肆吹嘘日本的神道教如何了得的时候，把"神祇"的"祇"竟然说成了"抵"。我虽然只念过一年"电大"，我的绝大部分文学知识，都来自于徐中玉先生主编的那本《大学语文》，也还知道那个字不读"抵"，而应读作"奇"的。

我拼命地克制住自己的冲动，从茶几上那堆垃圾中挑出了一盘《红色娘子军》，准备试音。可教授夫人忽然又问我能不能换一张。她最喜欢刘德华。她告诉我，在二〇〇四年的工体演唱会上，她差一点就有机会跟刘德华握上手了。在这种情况下，我也不便固执己见。但你可以想象，当"给我一杯忘情水"这样轻佻的哼唱，从珍贵的阿卡佩拉扬声器中发出来的时候，到底是怎样的情形。

我浑身上下立刻起了一层鸡皮疙瘩，心情也坏到了极点。

当然，我的意思，也不是说刘德华就不能听。可如今的情况是，人不分老幼男女，地不分南北东西，几乎所有的人都在听刘德华。我就是把脑子想穿了，也搞不懂究竟是怎么回事。

这个世界一定是出了什么问题。

《培尔·金特》

你已经知道了，我是一个专门制作胆机的人。在北京，靠干这个勾当为生的，加在一起不会超过二十个人。在目前的中国，这大概要算是最微不足道的行业了。奇怪的是，我的那些同行们，虽说都知道彼此的存在，却老死不相往来。既不互相挖墙脚，也不彼此吹捧，对于同行的技艺从不妄加评论，各自守着有限的一点儿客户，聊以为生。这个社会上的绝大部分人，几乎意识不到我们这伙人的存在。这倒也挺好。我们也有足够的理由来蔑视这个社会，躲在阴暗的角落里，过着一种自得其乐的隐身人生活。

我不太喜欢"发烧友"这个称谓。我不过是一个手艺人。说实在的，多年来，我心里一直为此感到自豪。你知道，现如今，论起手艺人的地位，已经与乞丐没有多大区别。那些学问渊博的知识分子，对眼下这个社会的变化，也许能解释得头头是道，可依我粗浅的观点来看，这个社会的堕落，正是从蓄意践踏手艺人开始的。

不过，说起我们这个行业，在二十世纪九十年代中后期，也曾火暴过一阵子。那时候，一年一度的北京国际音像展居然人潮涌动，门庭若市。你似乎很难理解，那么多的巴赫迷、瓦格纳迷、富特文格勒迷、卡萨尔斯迷，到底是从哪儿钻出来的。那时候，你与文人雅士们打交道，人人都以听流行音乐为耻（坦率地说，这也有点过分）。即便大家都在谈论古典音乐，你若是想要让别人对你心怀敬意，甚至连贝多芬和莫扎特都羞于出口，要谈就谈更为冷僻的泰勒曼、马勒或者维奥蒂。哪像今天，居然连李宇春也听得津津有味。

那时候，北京音乐台的97.4调频立体声，还专门制作了一档叫做《发烧门诊部》的节目。每当节目播出时，我都会掩上房门，关掉电灯，让自己完全浸没在黑暗之中，用自己组装的收音机收听这个节目。那时，我还住在椿树街的老房子里。当那些奇妙的音乐从夜色中浮现出来的时候，整个世界突然安静下来，变得异常神秘。就连养在搪瓷盆里的那两条小金鱼，居然也会欢快地跃出水面，摇头甩尾，发出"啵啵"的声音。每当那个时候，你就会产生某种幻觉，误以为自己就处于这个世界最隐秘的核心。

两年后，我制作的胆机开始有了固定的客户。我还被请到了北京音乐台的录音室，担任过"硬件医生"一类的嘉宾。可是现在呢？不用说《发烧门诊部》这档节目早已无疾而终，假如你在开车时偶尔想从收音机里听一点古典音乐，简直比中彩票还要难！不知为什么，现在的节目主持人，似乎更热衷于说话。他们一刻不停地说着废话，还人为地弄出一些夸张的笑声或掌声来，就像在话筒前自己胳肢自己，真是无聊透顶。

总而言之，九十年代的古典音乐氛围，是今天的人难以想象的。我的妻子（当时还是女朋友）在河北职业技术学校读中专，她曾经不止一次地跟我提到过，在她们学校，每天广播台播放的第一首曲子，竟然是挪威作曲家格里格《培尔·金特》中的《晨曲》。你可以想象，每天清晨从这样一个旋律中醒来，是一种什么样的感觉。

好吧，我现在不妨就来说说我的妻子。

和她相识的那会儿，我还不曾进入发烧器材这个行当。那时，我还在王府井的同陞和卖鞋呢。玉芬第一次走进我鞋店的时候，我就注意到她了。你没法不注意到她。她有一张纯洁而俏丽的脸，你每看它一眼，心里都像被锋利的刀片划一下。怎么说呢，有一种想豁出命去跟她好的冲动。她一连试了三四双皮鞋，都觉得不合适。既不买，也不走，一个人坐在试鞋的小皮凳上,唉声叹气。

我暗暗地观察了她好一阵子,眼看着门外的街道沉沉地黑了下来,游人逐渐散去,成群的乌鸦在树枝上不停地哀唳。到了打烊的时间,我心里还惦记着去宽街给母亲抓药,只得朝她走过去,用一种不容置疑的口吻对她说:

"能不能让我看看你的脚?"

大凡人在遇到烦恼的时候,很容易受人暗示,听人摆布。她顺从地仰起头,看了我一眼,对我的莽撞和唐突毫不在意,噘着嘴问我道:"你要看哪一只?"

我说,随便哪一只都行啊。

她立即脱下了那双彪马运动鞋,甚至毫无必要地褪去了丝袜。我朝她那只右脚瞥了一眼,转身从货架上取下两双鞋,供她挑选。她试了试,立刻就决定把两双都买了。那天临走时,她问了我这样一个问题:

她在西单和王府井的鞋店转悠了一整天,千挑万选,没瞅见一双中意的,而我呢,居然在短短的几分钟之内,随手为她挑了两双鞋,都那么合脚,就像是专门为她定做的一样。这到底是怎么回事啊?

也许是心情比较好的缘故,我一得意,接下来的回答,你还别说,听上去怎么都有点格言的味道:

"一点都不奇怪。人总是在挑选不适合自己的东西。"

其实,从后来的事情来看,这句话根本不是什么格言,反而有点像谶语。玉芬第二次来店里买鞋,我就提出带她去儿童剧院对面的全聚德吃晚饭。她居然同意了。一个星期之后,我又约她一起看了场电影。她是一个特别随和的人,随和得有点让人心里发怵。关于这一点,我一直搞不懂是怎么回事,就像是隔着一层雾在看她似的。在我们开始交往的头两年里,我们从来没有拌过嘴,她也从没有为任何事情显露出疾言厉色。她这种人,仿佛就是为了一刻不停地赞同别人而存在的。

我的好朋友蒋颂平曾感慨说，咱北京的姑娘，多少都有点"虎妞"的秉性。一不高兴，随时都会脱下鞋子来砸人。看来，这句话也不怎么靠谱。我也曾带玉芬去颂平那里玩过一次。他对我的"好运气"感到难以理解，甚至还有些愤怒。他当着我的面，站着跟玉芬说话时，身体都会不由自主地往前倾。

原来，还真有"为之倾倒"这回事啊。

九十年代末，我靠着给别人定做胆机，慢慢积攒下来一笔钱。有了一点家底之后，我立即从同陞和辞了职，在"超音波"租下一间门面，加盟香港的一家音响销售公司，开始专门代理英国的天朗扬声器。那时候，在北京的音响市场里混，你想不赚钱都难。没过多久，我就在上地东里买了一套两室一厅的房子。我觉得有足够的底气向玉芬求婚了，就带她回家见我母亲。实际上，是想让母亲为我感到骄傲。

母亲当时已经知道自己得了什么病,但说起话来,仍不乏幽默。我把玉芬带到母亲房里晃了晃,就让她去厨房帮姐姐做饭去了。我一个人待在母亲床边,有些得意地问她老人家,对我带回家的这个儿媳妇是否满意。老太太想了半天,抓住我的一只手捏了捏,笑道:

"这丫头,卖相好。"

这句话我可不爱听。什么叫做"卖相好"?让人听上去很不是滋味,就像是在评价刚出栏的一窝小猪似的。过了半晌,母亲喘了喘气,又说了第二句话:

"这丫头,脾性好。要说人品呢,倒也还善良仁义。"

听母亲这么说,我心里的一块石头落了地,满心以为她是在夸玉芬呢,心里的那个高兴劲儿,嗨,就别提啦。可母亲歪在床上,披着一件老棉袄,咳了半天之后,忽然用手拍拍床沿儿,示意我坐下来，坐在她的手能够得到的地方。谁知道，她把手搭在我的肩上，忽然对我说：

"孩子啊，你要是不在乎我的意见，就当我是放屁。要是真的想让娘给你拿个主意呢，我劝你，最好不要跟她结婚。这丫头，我替她细细地相了面，样样都好，可有一件，没有定盘星。"

我问她，"定盘星"是什么意思？她是江苏盐城人，说话时经常夹杂着一些方言，有点不太好懂。母亲想了想，仍然笑着对我说："这丫头，就是有点水性风流。不好。说句难听的话，你这个婆娘，有一多半是为别人娶的。咱们这样的人家，消受不起啊。"

她随后还说了一句谚语："从头看到脚，风流往下跑；从脚看到头，风流往上走。"愣是把我给逗乐了。

不过，那年国庆节我们成婚时，母亲倒也没说什么。既不阻拦，也没把不痛快挂在脸上。当姐姐领着新娘子走到她床边，改口叫妈的时候，母亲不仅高声答应,还笑眯眯地强撑着要坐起来答礼。她把早就压在枕头底下的两百元礼钱,郑重其事地递到玉芬的手中,还顺势搂了她一下。

母亲的话被应验,已经是四年以后的事了。

有一天玉芬下班回家,柔声细气地提出跟我离婚。她要离婚的理由,居然是和他们单位新来的一位主任"好上了"。我一个人在阳台上抽了两包烟,还是觉得有点接受不了,便去卧室将她推醒,低声下气地请她"再考虑考虑"。玉芬迷迷糊糊地睁开眼,没头没脑地说了句:

"还考虑什么呀?亲爱的,我跟他已经那个了呀。"

我没办法,只好一个人走到厨房,用水果刀在自己的手背上扎了个窟窿。

和玉芬闹离婚的那些日子,母亲的生命也快要走到了尽头。左邻右舍,包括她以前单位的同事,那些老姐妹,都来劝她赶紧去医院。母亲死活不依,只是静静地望着她们笑。老太太有她自己的盘算。她知道，这一次住了院，说什么也回不来了。另外，她也舍不得那点钱。最后，还是舅舅从老家盐城赶了过来，好说歹说，这才把她送进了医院。

在她从住院直至去世的十一天中，我偶尔也会到医院去转转，象征性地待个五六分钟。玉芬红杏出墙，搞得我心绪不佳。这一点，我姐姐崔梨花是知道的。

"可咱妈就要死了呀！"有一天，梨花跺着脚对我强调说。

我心平气和地对她道："我也想死呀，你信不信？"

她见我整天都虎着个脸，拿我也没啥办法。她每天晚上去医院陪床，白天还要赶到石景山区的一家污水处理厂上班。那些日子，她眼睛总带着黑边儿，像只乌眼鸡似的。而我那姐夫，混蛋常保国，已经在亲戚朋友中到处败坏我的名声了。

我也只好由他去。

我最后一次去医院看母亲，她正处于服药后的昏睡之中。我不想惊扰她老人家休息，给姐姐递了个眼色，在床边站了一会儿，正要悄悄地拔脚离开，母亲忽然睁开眼，把我叫住了。

她执意把姐姐打发回家，让我一个人留下来陪她一晚。

"就一晚。好不好？"她嬉皮笑脸地对我说。

我自然也没什么话好讲。

不过，我在她床边熬了一宿，似乎没有多大必要。她能够保持清醒的时间，实在是少得可怜。在她醒来的时候，她总是让我帮她侧过身来，以便她的眼睛能一刻不离地看着我。说实话，我被她看得很不自在。母亲本来就个子矮小，生了病，身子又瘦了一圈，看上去怪可怜的。偶尔，她会抓过我的手，在我的手背上摩挲一番，脸色十分沉静，始终都带着一丝笑意。她积攒了一个晚上的力气，到了天快亮时，终于跟我说了一大堆话。

我记得母亲死去的那家医院，好像紧挨着部队的一个兵营。因为天色将晓时，我能清楚地听到附近营房里传来的起床号。当然不是《培尔·金特》。母亲说,她知道自己就要走了,也许是今天,也许是明天。现在她不想别的,能多看我一眼是一眼。经她这么一说,我心里也是挺难受的。她已经从姐姐的口中,得知了我和玉芬离婚的事。她没有责怪我当初没听她的话,而是淡淡地对我道:

"当初我就劝你不要跟她结婚,可是的?你不听,我也没多话。遇到那么一个从画上走下来的俏丫头,你心心念念都在她身上,我不是看不出来。我要硬是从中阻拦,你这小身子骨,怕也受不了。我心里说,也罢,先结了再说吧。不行咱就离,离了找个人再结就是了。俗话说,天无绝人之路。有时候,你眼看着自己熬不过去了,把心一横,硬着头皮一顶,也就过去了。没什么大不了的。我同你说,你也不要不爱听,这世上,人人都该派有一个老婆,天造地设的,命中注定的。不是玉芬,而是另一个人。她在什么地方呢?我也不晓得,你倒也不用打着灯笼,满世界地去找她。缘分不到,找也没用。缘分到了，她自己就会走到你的面前，跟你生儿育女。不是我迷信，你将来看着好了，一定会是这样。放宽心，到时候你就知道了。你一见到她，心里就马上会想，哦，就是这个人……"

我打断了母亲的话，对她道："您还别说，我当年见到玉芬时，心里就是这么想的呀。"

母亲笑了笑，伸出舌头，舔了舔干裂的嘴唇："你这是鬼迷心窍！"

"万一我以后遇到命中注定的那个女人，没把她认出来，怎么办呢？"我又问。

母亲想了想，忽然就流下了两行浊泪，半天才道："你这孩子，真是傻呀！要不要到时候，我托个梦给你？"

在屋外沙沙的雨声中，母亲把一张银行的定期存单，默默地塞到我手里，让我的手攥成一个拳头。她双手抱着我的拳头，使劲地捏了捏。她这辈子积攒下来的钱，都在这儿了。她嘱咐我，这事千万不能叫梨花他们知道。

在母亲的葬礼上，我一滴眼泪都没流。我心里也很苦，可就是哭不出来。我也不知道自己出了什么问题。常保国他们在告别厅里大呼小叫，哭声震天，可我哭不出来。我心里怀着一个鬼胎，一直在琢磨这样一个问题：要不要将存单的事告诉梨花。我其实并不十分看重母亲留下的那两万七千块钱，而是担心一旦告诉梨花真相，梨花和保国他们会怎么想，我有点吃不准。母亲生病后，一直是由梨花负责照料的。她在临终前夕，忽然把梨花支走，将这张存单交到我的手中，姐姐和姐夫会不会在葬礼上当场翻脸，我吃不准。

玉芬跟我离婚后，我就从上地东里搬了出来，暂时借居在姐姐石景山的一套闲置的公寓房中。房子很新，那是她不久前申请下来的经济适用房。搬进去不久，我就发现，客厅的北墙裂开了一个大口子。夏天倒是挺凉快的，可到了冬天，我用完了三大卷胶带，也没能挡住从裂缝中灌进来的风沙。我和姐姐找到有关部门闹了一次，人家哈哈一笑，说，地面沉降导致的墙面裂缝，是世界级难题，就把我们给打发走了。不过，也许正因为房子裂了口，漏风，姐姐和常保国才会把家搬到椿树街的老房子里。我心里暗暗地想：你还别说，纵贯客厅墙面的这个大口子，裂得还正是时候。

玉芬后来又上门找过我一次。原来，她后来的那个对象，那个主任，在负责调试一台刚从德国进口的数控机床时，由于操作不当，机器出了故障，把电路上的一个元件烧了。这台机床价格不菲，集团领导若要追究下来，他那个主任多半就当不成了。多半是因为我在给功放加工机壳时，也曾使用过机床一类的器械，玉芬连夜找到了我，让我去帮他看看。

我自然一口拒绝。

你知道的，我对发烧音响一类的器材比较在行，若让我修个家用电脑、空调或电视什么的，也还算凑手。至于说进口的大型精密数控机床一类的玩意儿，我是见都没见过啊。玉芬见我拒绝她的理

由仅仅是胆怯,就对我说了这么一番话:

"嗨,所谓的进口机床,听上去神秘兮兮的,其实也不见得比你平常捣鼓的那些个胆机或电脑复杂到哪里去。再说了,你是天上管机器的星宿下凡,只要它是机器,就都怕你。那玩意儿,就是欺生。可你一去,情况就不一样了。也许它一听到你的脚步声,自己就吓得赶紧恢复了原状,也未可知。"

她这么一说,我心里就有些得意。最后,架不住她假意真心的奉承和苦苦哀求,我只得答应跟她去瞧瞧。当然,我也见到了她那个新任丈夫——姓罗的主任。他手里抱着一大摞德文说明书,一步不离地跟在我身后,狗屁倒灶地说个不停。我心里一烦,只好请他滚远点。他竟然一点都没生气,只是嘿嘿地笑。

毕竟是第一次接触这玩意儿,我为了弄清楚这台机器的工作原理,就足足花费了四个多小时。而找出毛病,并加以修复,只用了不到二十分钟。玉芬一定是向那个姓罗的隐瞒了我们之间的关系,因为在稍后招待我吃饭的时候,罗主任还很客气地问我家住哪里,孩子多大。他还说,如果我孩子将来要去德国念书,可以找他。

玉芬两三天后又专门来到我石景山的家中。母亲说的一点不错,尽管她跟我离了婚,还算是有情有义。她一脸坏笑地问我,这些日子,身边没个人,是不是憋坏了?她主动提出来,帮我"泻泻火"。对于她的一番好意,我也不便拒绝。我发现她已经怀了孕,心里的那个憋屈,可就别提了。我们在干那事的时候,玉芬还一个劲儿地夸我,说我在女人身上的那些手段,一点都不亚于修机器。她现在的丈夫,是从慕尼黑回国的海归,有点中看不中吃。你这里被他弄得火烧火燎,他那边早已像得了风瘫病似的,龟缩成一个软不滴答的鼻涕虫了。他们结婚四个月来,他连一次高潮都没让她来过。听她这么说,我真不知道自己应当高兴呢,还是伤心。

玉芬瞒着丈夫来看我这样的事，后来还有过一次。但我这样的人，就是命贱。我和玉芬在一起的时候，那个姓罗的小白脸，一直不停地在我眼前晃悠。我怎么也摆脱不掉那种隐隐约约的犯罪感。于是，我硬起心肠，对玉芬说：

"我们已经离了婚，既然你嫁给了那个姓罗的，就应该本本分分地跟他过日子，往后千万别来找我了。我受不起。那个姓罗的，看上去斯文有礼，各方面都比我强。至于高潮不高潮的，毕竟不太重要。咱俩一直这么下去，也不是个事儿。再说，你的肚子也一天天大了，总这样，不好。我这儿，你以后就不必来了。"

在我送她去地铁站的路上，玉芬的脸色有些异样。憋了半天，最后搂着我，哭了起来。临走前说了一句话，却让我想了两个多月。她说，她第一次着了别人的道，其实并不是这个姓罗的，而是一个下三烂的机修工。有一天上夜班，那个机修工把她堵在了厕所里，弄得她七荤八素的。

从那以后，玉芬再也没到石景山来。她喜欢的那张《培尔·金特》组曲，我一次也没再听过。去年"五一"节前后，我到东大桥给一位客户调试LP唱盘，在三里屯附近的街上看见过她一回。在浓密的树荫里，有一排撑着太阳伞的咖啡座。跟她一起喝酒，并把手搭在她光溜溜的肩膀上的，是个黑人。

我没敢跟她打招呼。

奶妈碟

那天，从北五环边的褐石小区出来，我去了一趟平安里电子市场。在那里买了一些拆机的荷兰油浸电容和一卷 WBT 银焊锡，收了一对音乐丝带 Red Dawn 讯号线。这个型号的喇叭线，我已经有了一对，现在总算凑齐了一套。到了下午，我在返回石景山的途中，顺道去了一趟四季青桥的金源广场，去看望老朋友蒋颂平。

我的客户大致可分为以下两类。一类，就像你所知道的，主要是一些知识分子。他们大多集中在海淀一带。这些人的优点是彬彬有礼，付钱爽快。

他们几乎从不拖欠钱款，在我手头紧的时候，有时也愿意先预付一部分货款。这类人对胆机的要求比较偏重于情调或色彩，也就是所谓的"音乐味"。订货不怎么固定，且人数有逐年减少的趋势。跟这类人打交道，你得学会忍受他们目中无人的夸夸其谈。客观地说，有时候，他们的高谈阔论也会让你茅塞顿开，可有时就会让你受不了。每个人的脸上，似乎都有一种既神圣又轻佻的劲儿。仿佛整个世界的命运，都被紧紧地掌握在他们手中。按照我粗略的观察，他们的观点其实也很不一致。

比如说，有一伙教授，每次见面都爱严肃地告诫我，像中国这样的社会，随时都会有崩溃的危险。其实我从未主动请教过他们，可他们乐于在饭桌上见缝插针地点拨我一番，弄得我时常做噩梦。差不多一二十年前，他们已经在这么说了。一年过去了，五年过去了，二十年过去了，太阳还好端端地在天上挂着呢！中国还是好好的，什么事都没有发生。

另外一伙人呢，意见刚好相反。他们认为，中国处在历史上最好的时期，全世界的人都眼巴巴地看着中国。全世界都出了问题，都在望眼欲穿地等待着中国人去搭救。咱手里捏着数万亿美元的花花票子，简直不知道应该先去救谁，是冰岛、希腊呢，还是意大利和美国。事实到底如何，我不清楚。这是人家政治家和读书人的事。反正，我很快就被他们弄糊涂了。

我的另一类客户，不用说，自然就是那些大大小小的老板们了。乍一看，那些腰缠万贯、灵魂空虚的家伙，似乎怎么也无法和纯正的古典音乐沾上边儿。他们能够成为我相当稳定的客源，主要得益于蒋颂平的推荐和介绍。颂平把引诱"苦主"们上钩称为"钓鱼"。他的办法一成不变。

通常，在家庭聚会或私人茶叙的末尾，蒋颂平照例要强迫那些生意伙伴合伙人什么的，去参观他的地下室。那是一个接近六十平方米的视听室。他所使用的那套音响组合，做工精致，外观花哨：音箱是意大利 Sonus Faber 的 Amati Anniversario，箱体那华丽的小提琴漆光可鉴人；功放用的是麦景图五十周年的纪念版，开机时，面板上泛着蓝绿蓝绿的微光；Nagra CD 机犹如瑞士手表般的精美，外加一款 Clearaudio 的顶级 LP 唱盘。从声音的效果来看，那还算得上是一套注重细节和解析力的重放系统。

每当这个时候（一般是晚上十点钟以后，颂平很少在晚上十点前听音乐，因为据他说，只有到了夜深人静的时候，稳定的电压和纯净的电流才会带来醇美的音乐），颂平总要将食指竖在双唇之间，发出轻轻的"嘘"声，然后打开墙面上的淡蓝色背景灯——墙面做过特殊的隔音处理，看上去像倒扣的鸡蛋托一般凹凸不平，拉上厚厚的绒布窗帘，戴上雪白的软布手套，蹑手蹑脚地跨过满地堆放的器材和引线，从茶几上那一大堆 CD 唱片中翻找出一张俗称"奶妈碟"的发烧盘来，"嗤嗤"地朝碟面上喷洒不明液体，然后用镜头布将 CD 擦干。仿佛他不是在让大家欣赏音乐，而是正在进行某种神秘的祭祀活动。

虽说北京的灰土有点大，但我还是多次建议他不要用清洗剂来擦拭光盘，因为那些化学液体或许会腐蚀这些塑料片，从而影响 CD 机光头的循迹。实际上，最理想的清洁剂莫过于清水。但颂平从来不听。他的理由总是显得那么不可理喻："开玩笑！这可不是什么普通的清洗剂。它是英国进口的，你知道吗？这么小小的一瓶，他妈的值多少镑？你丫的猜猜看！用清水？开玩笑！"

当然，我只得立刻闭嘴。

当奶妈碟的乐声从幽暗的房间里像绸布般展开的时候，那些酒足饭饱、脑满肠肥的生意人，往沙发上这么一靠，一些人很快就会发出鼾声。但不要紧，总有那么几个家伙会上钩。他们抵抗不住奶妈碟的魅力，脸上浮现出惊讶之色，就像是不敢相信自己的耳朵似的，眼睛里放着绿光，拼命点头，似乎他们在欣赏的正是天籁之音。

通常还等不到一个乐章结束，就会有人激动地站起身来，用不容置疑的口吻，对蒋颂平嚷嚷道：

"怪不得颂平迷上音乐，连女人的屁股都懒得摸了。有道理啊！老蒋，给我也来这么一套，一模一样的。要快！"

他们这一嚷，就够我忙活好几个月的了。一年中，要是能遇上五六个这样的"苦主"，我那半死不活的日子就能勉强维持下去了。我从二手交易市场上或 eBay 上替他们找箱子、CD 机和线材，然后将我自己做的胆机，悄悄搭进去卖给他们。我只收胆机的钱。我为他们配置的系统，不可能和蒋颂平的一模一样。但你知道，那张让客户们念念不忘的奶妈碟，自然是必不可少。

说到奶妈碟，我这里不妨再啰唆几句。

这是一张 Decca 公司于一九六二年出版的著名唱片，一九九三年将它灌制成了 CD。作曲家是个法国人，名叫霍尔德，出生于十八世纪末。这个作品原先是一出歌剧，讲述法国大革命时期的女性向往自由的故事。标题翻成中文,似乎叫做《女大不中留》。这部歌剧,后来被一个名叫兰切贝利的人改编成管弦乐,并由他亲自担任指挥,英国柯文特皇家花园管弦乐团演奏。至于霍尔德本人,也许根本算不上什么像样的音乐家。你翻遍所有的音乐辞典,似乎也很难找到他的名字。但这张唱片,对于很多刚开始听古典音乐的人来说,无疑是一剂迷药。它的音色、空间感和弦乐的密度感,有一种刚柔相济的美。事实上,虽然我不太喜欢这个曲子,但也不得不承认,它的演录水平无与伦比。就算你从来没听过任何一首古典音乐,只要你把这张碟耐心地听上五六分钟,你就很难抵挡它的诱惑。你会以为自己疯狂地喜欢上了"古典音乐"。这当然是一种错觉。正是因为它把很多不相干的人,领进了古典音乐发烧的门槛,并哺育他们成长,故而它又有"奶妈"之称。

我所结识的发烧友,几乎人手一张。而在茶余饭后,强迫朋友们到地下室欣赏奶妈碟,也成了蒋颂平的保留节目。他之所以这么做,也不完全是出于替我"钓鱼"的考虑。他本人在读大学时拉过小提琴,喜欢海菲兹和柯岗,他总爱向他的朋友们炫耀一下自己与众不同的生活品位。

颂平不仅交友广泛,宾客众多,妻子那一头,亲朋故旧,七大姑、八大姨的,也喜欢往他们家扎堆儿。在我的记忆中,他们家从来就没有过安静的时候。就像俗话说的,座上客常满,樽中酒不空。似乎不来上十七八个客人,他们家就开不了饭。任何时候,他们家都像是过节般乱哄哄的。

今天的状况当然也不会例外。

午餐后的客厅,已恢复了原先的整洁,可房子里仍弥漫着白酒、花椒油和四川腊肠的味道。几个女人围坐在沙发前,听一个八九岁女孩拉小提琴。我一个都不认识。餐桌边坐着两个神态麻木、虚弱不堪的老太太,她们已经老到只会喘气的地步了。其中一个是蒋颂平的姑妈,另一个则是岳母。她们不说话，静默中偶尔朝这边呆望一两眼。

小女孩在拉了一段拉赫玛尼诺夫的《无词歌》之后，在众人的怂恿之下，又拉了一首《新疆之春》。应当说，她拉得实在是很难听。我无法长时间装出饶有兴趣的样子，就直接去了地下室。

颂平也不在那儿。

黑暗中，我隐约看见几个人，正戴着3D眼镜，聚在那里看《加勒比海盗》。保姆往那儿送果盘，顺便告诉我，颂平在楼上的书房里。

可颂平并不是一个人在那儿。在书桌的另一侧，坐着一个身穿咖啡色中式对襟衫的中年人。由于不胜酒力，他那张青筋暴突的脸一直红到脖子上。颂平向我介绍说，这位姓杭的大师，是一位道行很深的堪舆家。颂平打算在大兴新建一个服装厂，请这位"异人"来帮他看看风水。据说，这位神通广大的高人不光会看风水，还会替人算命。颂平执意让他给我算一卦，我也不好推辞。杭大师猛然睁开了惺忪的醉眼，使劲地摇晃了一下头，把自己从醉梦中拽了回来，笑呵呵地问我算什么。随后，他又愣愣地看了一眼颂平，嘴里嗫嚅道：

"不好。要吐。"

"你就替他算算婚姻吧。"颂平道，"我的这位兄弟，也没啥别的嗜好，就是老惦记着结婚。"

杭大师从上衣口袋里取出三枚铜钱来，那是被磨得油光锃亮的"康熙通宝"。他把铜钱递到我手上，让我打卦。按照他的吩咐，我在地毯上一连抛了六次。大师干哕了几下，跟颂平要来了纸和笔，随便在纸上画了画，眼睛朝上翻了翻，就对我宣布说：

"结过了。"

随后，他就闭上金口，陷入了莫测高深的沉默之中。这命，似乎已经算完了。我低声下气地请教他，让他解释一下，所谓的"结过了"，到底是个什么意思。大师没有搭理我，而是用一种充满疑惑的神情，怔怔地看着颂平：

"不好。真的要吐。"

他扶着桌子，晃晃悠悠地站起身来，接连放了几个特别婉转的屁。颂平面露嫌恶之色，大概是担心大师的呕吐，弄脏了他的房间，什么话都没说，由他捂着嘴，匆匆跑下楼去了。

"他刚才说，结过了，我有点听不明白。"大师走后，我对颂平道。

"没戏。"颂平道，"听他的意思，大概是说，你这辈子就甭想结婚了。正好，你也不用惦记着那狗娘养的小朱了……"

话没说完，我们都听见了楼下花园里传来的呕吐声。大师吐得摧肠沥肝，连颂平都皱起了眉头。

颂平说的那个"小朱"，原是他们公司里的一位出纳，名叫朱蕊蕊。我和玉芬离婚后，颂平一直在帮我张罗着再找个人成家。但他给我介绍的对象，不是职工食堂的胖丫头，就是笨手笨脚、专管打扫卫生的清洁工，没有一个让我能够稍稍看得上眼的。颂平把给我介绍对象看成是他分内的事。我们是从小一块儿长大的，平常知根知底。除了他之外,我还真的想不起来,还有谁可以称为"朋友"的。颂平总怪我挑三拣四,我只得严肃地提醒他,我虽然穷,却也并非饥不择食。我倒是对他们公司的出纳小朱情有独钟,她笑起来傻呵呵的,眉眼有点像玉芬。有一次喝多了酒,我便委婉地向颂平表露了这个意思。老蒋似乎吓了一跳,他未置可否地干笑了两声,对我道:"你怎么会偏偏看中她?"

我告诉他,家母病重之际,曾跟我交代说,人人都会有一个老婆。她就躲在这个世界的某处,缘分一到,她就会立即现身。你一旦瞧见她,心里马上就会明白,这人就是自己天造地设的婆娘。不消说,我第一次看见朱蕊蕊的时候,心里就是这么想的。

颂平愣了半晌,正色地对我道:

"不行。我厂里的人,你随便挑,什么人都行,唯独她不行。"

后来,这个朱蕊蕊,很快就被颂平送到了渥太华,办了移民。还和他生了一个儿子。你可以想见,为什么我每次见到蒋颂平,心里都像是做贼似的。最让我受不了的是,他每次在我面前提到这个朱蕊蕊,都称她为"你嫂子"。为此,我曾一度发誓不再跟蒋颂平来往。可苍天有眼,这个朱蕊蕊到了加拿大,还不到两年,就被一个打架子鼓的洋人勾跑了。办离婚的时候,颂平连儿子的抚养权都没争到。现在,我们终于可以毫无顾忌地谈论朱蕊蕊,就像是在谈论一个完全不相干的人。

大师呕吐完了以后,也没再到楼上来。颂平从木盒里取出一支雪茄,一边用喷枪烧着,一边轻轻地甩动着它,然后对我说:

"我要跟你说件正经事。我最近刚认识了一位朋友。他是做什么的,什么来头,我一概不知。是真的不知道,不骗你。可你一见这个人,总觉得他有点,怎么说,有点他妈的神秘兮兮。我也不知道那种感觉是从哪儿来的。按说,他那长相,也没啥特别的,可脸上那神情,看上去有些他娘的瘆人。不瞒哥儿们说,在有钱人的俱乐部里,我不过是一个小角色，这你是知道的。我问了很多人，也没弄清他是个什么来路。他的名字也很怪，叫做丁采臣。对了，你看过一部叫做《倩女幽魂》的电影吗？好，咱们先不说这事儿。这个人，这个姓丁的，前些日子，托人介绍找到了我，让我务必帮他弄一套全世界最高档的音响，越快越好。钱当然不是问题。这是个好买卖，对不对？OK，我第一时间就想到了你。"

"他是发烧友吗？"

"看来不太像。"颂平的神色忽然变得有几分异样，似乎一提到这个人，目光就有点畏惧，"这是一条大鱼没错儿，可你也得小心一点。你可以趁机敲他一笔，但我希望，你不要做得太离谱。这年头，凡事总要留个余地为好。凭我的直觉，这个人有点邪行。"

"有没有预付款？"

"这个呢，你自己跟他联系。这是他的名片。你可以给他一个卡号，让他先把预付款打过来。你和这种人打交道,千万得多留几个心眼啊。他看你的目光,不知怎么搞的,冰冰冷冷的,有点像是魂不附体,属于那种你一见到他,背脊就不由得一阵阵发凉的人。"

按颂平的说法,这个名叫丁采臣的人,只和他见过一次面,给他留下的印象竟然如此令人胆寒,连你听上去,也多少有点不可思议吧?虽说我对这个未来的客户也多少有点好奇心,可说真的,也没怎么把这件事放在心上。

我饿着肚子来到颂平的住处,也有自己的隐衷。

姐姐崔梨花已经给我下了最后通牒。她让我无论如何,得尽快从她家的房子里搬走。而我在刚才的电话中,已经答应她了。在我被姐姐逼得没办法的时候,脑子里猛然就闪现出蒋颂平那张虚胖的脸来,好像这张脸让我心里有了底。我心一横,就答应了她。想到自己在这个世界上混了四十八年,眼见得终于混到了无家可归的地步,心里就有点控制不住的凄凉和厌倦。

我问颂平,能不能请他在服装厂里随便腾个地方出来,让我暂时落个脚。车间、仓库什么的,都行。颂平吃惊地看了我一眼,从桌上拿起那只正在充电的手机,一条条查看短信,嘴角一撇,掠过一丝不太自然的笑容:

"我还是有点不太明白。你老兄,在石景山住得好好的,怎么忽然就想到要搬家?"

"房子是我姐姐的。她的境况也不太好。打算把房子租出去。"

"那个破房子,我记得,北墙裂了那么大的一个口子,呼呼地往里灌风,怎么能租得出去?"

"姐姐和姐夫打算搬回到石景山来住,想把椿树街的那套带小院的老房子租出去。一个证券公司的高管不久前找到了他们,打算租下那个小院,开一个酒吧。"

"伯母现在身体还好吗?"颂平忽然问。

"五年,不,六年前,就已经过世了。"我也吃惊地看了颂平一眼。

"唉,这话你跟我说过多次了。你看我这脑子,近来总爱忘事。这记性说不行,就不行了。伯母去世的那会儿,我正好在加拿大,没赶上她的葬礼,因此总觉得她还活着。小时候,在椿树街住着的那会儿,我嘴馋,没少吃她老人家做的粢饭糕,又松又脆。你们家的房子临街,还带个小院,对不对?那种地方,要是开酒吧,生意一定不会差。"

过了一会儿,颂平轻轻地叹了口气,又道:"我这里也没有多余的空房子。这两年,服装厂的生意,你是知道的。我们的衬衫,贴牌销往国外,说到底,也就挣点手工费。可不论是美国,还是欧洲,经济都不景气,货物积压很严重。再说了,如今的工人,胃口越来越大,工资和福利一涨再涨,也有点让我吃不消了。"

"我不会住很长时间。少则两个月,多则半年。等我找到了合适的房子,就搬出去。"

颂平没再接话,而是把目光转向了朝西的窗

户:"这两天降了温,西山一带的枫叶虽还没红透,也有点意思了。早上一睁眼,朝窗外乍一看,冷不丁地还以为自己是在加拿大呢。"

"他们让我最好月底前就搬出去。姐姐还好商量,关键是我那姐夫常保国。他是湖北人,脾气有点暴躁,要是发起牛脾气来,能把痰直接吐到你的领子里。他是开出租车的,去年在昌平翻车撞死了人,自己也瘸了一条腿。"

"湖北人,是有点难缠。九头鸟嘛。"颂平递给我一小杯茶,笑道,"昨天有人给我送了点滇红来,你尝尝。近来金骏眉炒得很厉害,有点离谱。可要我说,还是滇红的味道正一些。"

"那个常保国,倒也不常来找我的麻烦,可他成天拿我的姐姐撒气。我有点不好意思再赖在他们家了。今天早上,他还用大头皮鞋直接踹她的,她的下腹部,害得她尿血了。"

"车到山前必有路。"颂平阴沉着脸,再次皱了皱眉,"我去一下卫生间。"

等到他从隔壁卧室的卫生间出来，身上已经换了一套运动服。他把手里提着的一个纸袋塞到我手里，告诉我，他要去香山的一个会所打网球。然后，又像是忽然想起了一件事似的，对我说：

"那个姓丁的，你一定记得给他打电话。你怎么和他做生意，这我不管，但有一点，该说的话你可以说，不该问的，一句也不要多问。"

在这种情况下，我只能起身告辞。如果你在那一刻见到我，一定能觉察到我脸上的狼狈和羞惭。可我刚转过身去，颂平又把我叫住了。

他让我再等一下。

他靠在书桌前，手里转动着那支早已熄灭的雪茄，似笑非笑地望着我，神情忽然变得有点诡谲。

"我要提醒你一件事。说起来有点诡异啊，不过，你最好别往心里去。"颂平轻声道。

"有什么事你就说，别这么装神弄鬼的好不好？"我有点心烦意乱。说实话，刚才，蒋颂平故意不接我的话茬，让我多少有些意外。

"别把你姐姐的什么最后通牒放在心上。她也不过就是那么一说。"

"你到底想说什么？"

"很明显，你姐姐在撒谎。"

"我不太明白……"

"你刚才说，今天早上，你姐夫常保国用大头皮鞋踢她的小腹，是不是？你想想，这年头哪来的什么大头皮鞋？你是卖过鞋的，应该比我清楚。再说，既然你姐夫去年在昌平的车祸中瘸了一条腿，不管他用哪只脚做支撑，"蒋颂平用手比画了一下自己裤裆的位置，接着道，"他都不可能踢这么高。要么你姐姐在撒谎，要么……"

蒋颂平说到这儿，朝我莞尔一笑，看上去就像一个表情轻浮的业余侦探。坦率地说，他脸上那洋洋自得的神情，让我有点反感。我当然知道他话里潜藏的意思。

他大概是怀疑我在撒谎吧。

到了车上，天空忽然飘起了小雨。我打开那个纸袋，看了看，里面有两件新衬衫，是 Tommy 牌的。颂平送我衬衫，已经不是第一次了。可不知怎么，这一次，看着那两件斜条纹的衬衫，我心里忽然就有些难过。

短波收音机

星期五早上,姐姐打来一个电话,让我回一趟椿树街的老家。她替我包了茴香馅儿的饺子。我虽是北京人,可平常不怎么爱吃饺子,尤其是茴香馅儿的。姐姐说,常保国听说我答应搬家,这两天心情不错,一次也没打过她,也很想和我好好喝两盅。我买了一点水果,并把颂平送我的两件 Tommy 牌衬衫带了去,权作礼物。我不敢告诉她,衬衫是蒋颂平送的。多年来,在我们家,"蒋颂平"是一个被禁锢的名字。同时被禁锢的,还有一段压在姐姐心头的秘闻。

常保国是否知道这段隐秘,我不敢肯定。

母亲去世后,我从未回过椿树街的老家。有一次,我去大红门,从一个福建人手里购买捷克产的KR胆管,恰好从椿树街经过。我远远看见老家的院门关着,也就没去打扰他们。姐姐有一个儿子在深圳,但已经懒得和他们来往。有一年,姐姐和姐夫大老远跑去宝安看他,那个与马来西亚人结了婚的外甥,据说在一家公司担任高管,竟然拒绝和他们见面。夫妻俩在"世界之窗"逛了逛,对着按比例仿制的凯旋门和荷兰风车胡乱拍了几张照片,就灰头土脸地回来了。

可这并不影响姐姐逢人就炫耀她的儿子有出息。

椿树街在南城,其实只是一条狭窄的小胡同。有人叫它椿树坊,也有人叫它造甲营——大概是过去八旗兵制造铠甲的地方吧,总之比较混乱。我们家的两间砖房,又低又矮。父亲还活着的那些年月,又在旁边的空地上接出了一间房。居委会的人三天两头找上门来,勒令拆除。父亲照例一声不

响。被逼急了,也只是用一声长长的叹息来表明他的态度:

啊!

可谁都弄不清他这个"啊"到底是个什么鸟意思。

母亲已经有点顶不住了,可父亲反而得寸进尺,用造房剩下来的砖瓦,在房前又围了一个足有三四十平方米的小院。奇怪的是,小院围成以后,居委会的人却再也不上门来了,他们采取了默认的态度。他们害怕父亲的沉默寡言。

父亲长得高大白净,背有点驼,对什么事情都抱着一种无所谓的态度。他原先是酒仙桥一家国营电子管厂的正式职工,后来不知出了什么事,就被打发回家了。成天围着一块白布围裙,戴着蓝咔叽布的袖套,在家对面的胡同里替人修收音机。我那时还小。有一天,我问母亲,爸爸为何从来不跟我们说话?母亲说,他心里很苦,性情就变了。她还说,我刚出生的那些日子,他每次下班回家,进门第一件事是趴在床上,在我脸上一顿乱亲,连鞋都来不及脱呢。听她这么说,站在一旁仰望着她的崔梨花,脸上就有了迷茫的表情。

"他也亲我吗?"憋了半天,生性胆小的崔梨花终于问道。

"也亲。"母亲想了想,笑着摸了摸她的头。

终于有一天,在那间光线幽暗的修理铺里,父亲趴在堆满半导体零件的小桌上,手里攥着一把绿色的小改锥,死了。

据说是心肌梗塞。

那天傍晚,我到得稍微早了一点。常保国在邻居家打牌,还没回家。姐姐在砧板上剁肉。她本来也可以使用冰箱里的肉末,可她说机器压出来的肉泥有股子生铁味,不好吃。她只比我大两岁,可已经老得不成样子了。这么多年来,我还是第一次这么认真地打量她。她笑起来的时候，总有一种故意讨好别人的意味。虽说一向如此，可我每次看见她这张脸，心里总有点厌恶。她问我最近有没有找到意中人，并马上提到，她们单位有一个离异的同事，四十岁左右，有一个十三四岁的小男孩，人倒是很实诚，长得"美丽端庄"，就是说话有点大舌头，问我愿不愿意见一见。

我告诉她，前几天刚刚遇到过一位算命先生，听他的口气，似乎我这辈子再也结不上婚了。我没提是在哪儿见到这位算命先生的，她听不得"蒋颂平"三个字。

"算命瞎子的话，你也能信？"姐姐说，"这些年，我给你说过的对象，少说也有一打了，高不成低不就的。要我说，你恐怕心里头还是忘不了玉芬那个狐狸精。"

"没准是吧。"我笑了笑，胡乱地敷衍了一句，懒得和她再说下去。

"你要不要进里屋去看会儿电视？保国一会儿

就回来。"

我麻木地望着她,没有吱声。看着她近来染得黑里透黄的头发,我的心里忽然有些伤感。恍惚之中,我一度出现了错觉,仿佛站在我面前的这个人,就是母亲。像母亲那么瘦,像母亲那样越长越小。一阵凉风吹进屋来,老槐树抖下几片黄叶,我的鼻子不由得一阵阵发酸。有点想,怎么说呢,有点想过去搂搂她。

"要不,你到外面去转转?"姐姐对我的失神似乎也有点意外。

于是,我走到了屋子外面,坐在院子的门槛上抽烟。

胡同里停满了汽车、平板车和残疾人的三轮摩托。父亲当年工作过的那个修理铺,早已不在了,如今开了一家明炉烤鸭店。隔壁的国营理发店和一家浙江人开的裁缝铺子也都不见了踪影。只有公共厕所还在原先的位置,还像原先那样臊烘烘的,只是外墙贴上了蓝白相间的瓷砖。胡同里来来往往的人，我自然是一个都不认得。

　　人的记忆，确实有点不太可靠。我明明记得这个胡同，曾经是那么宽，那么长，仿佛到处都是树木的浓荫，满地都是白色的槐花，不像如今这般杂乱和逼仄。小时候，胡同东面的丁字路口，常年都有小贩在那儿摆摊。夏天是摇着扇子、戴着草帽、叠着好几层肚皮的大爷，照看那一堆碧绿的西瓜。冬天，占据那个街角的，是烘爆米花的山东人，或是卖冰糖葫芦和棉花糖的小贩。

　　坐在门槛上，看着夕阳中荒芜的街道，我心里有一种浮薄的陌生感。那些过去生活的吉光片羽，像某种早已衰歇的声音留下的回响，搅动着迟钝的记忆。我并不喜欢怀旧，心中有些沉甸甸的伤感，也许正是因为这个地方曾被称作"家"吧。屋顶上的飒飒的树声，枝丫上的月亮，蝉鸣和暴雨，以及清晨空气中刚出炉的煤渣的香气，曾经日复一日，伴我入睡，也曾在黑夜中轻轻触摸我的灵魂。一旦那种特有的幽寂之感压在心头，你就会有一种时过境迁、精华已尽的恐惧，就像你全部的好日子都已经被挥霍完毕。

我们家在胡同的东头，蒋颂平住在街西。我们两家之间，隔着一座小四合院和一机部的家属大院。那座精致的小四合院不常有人住，但偶尔也可以看到门口的石狮子前，停着一辆黑色的高级轿车。到了夜深人静的时候，树木掩映的小院中，有时也会亮起一片迷蒙的灯光，通宵达旦。直到现在，我仍然不知道当初住在里面的到底是什么人。

我时常看见幼年的蒋颂平，踢着一只脏兮兮的猪尿脬，或者滚着一个当当作响的小铁环，从街西一路走过来，快到丁字路口，又再折回去。我们家的位置，恰好处在他神秘而孤独的旅程的折返点。有时候，蒋颂平手里，既无尿脬，也无铁环和弹弓，而是用一枚枣核划着墙，在那些布满"我日"和"打倒"字样的灰泥墙上，留下一道道白印，直到他把枣核磨出眼睛和嘴，使它变成一张人脸。

几乎没有人搭理他。

每当他走过我们家门口，母亲总是要多管闲事地探一探身子，朝外面张望，并感慨一下：蒋二麻子家的这根独苗，大概是她所见过的最孤独的孩子了。"蒋二麻子"是谁，他们家大人是干什么的，我从未听人说起，更未见过面，仿佛他们压根儿就未存在过。后来，颂平渐渐就和我姐姐混熟了，并很快加入了女孩子们的游戏。踢毽子，跳橡皮筋，抓羊拐，居然样样精通。蒋颂平自甘堕落地在女孩儿堆里混，大概是过于寂寞了吧。

我记得有一段时间，姐姐忽然就迷上了抓羊拐游戏。她把羊的踝骨磨得像玉石一般玲珑剔透，将它浸泡在红墨水中染色。她还偷偷地用珍贵的绿豆缝制漂亮的沙包，不知道挨了母亲多少巴掌。我从未玩过这种游戏，也不大知道它的规则，但我似乎听说，要玩这个游戏，至少得有四枚羊拐才行。在那个年月，要弄到这些东西并不容易。而蒋颂平有一个魔术师的口袋，只要姐姐想要，他的口袋里一定会有。当他把一枚枚不知从哪里弄来的黑糊糊的

油腻之物递到姐姐手中,傻傻地向她大献殷勤的时候,姐姐总是对他哈哈大笑:

"蒋颂平,莫非,你爸妈是开羊肉店的?"

父亲发心脏病猝死之后,有很长一段时间,我几乎每天都会去他干活的那家无线电修理店。在父亲生前用过的那个工作台前,静静地坐上一会儿,心里就会好受一点。店里另外两个修理工,只当看不见我。他们既不和我说话,也不关心我干什么。甚至就连父亲死去的那些日子,我也没有从他们嘴里听到片言只字的安慰。我的心里受不了那份冷漠,就暗暗地怀上了憎恨。我每天大模大样地走进修理店,坐在父亲的工作台前,看着那台装了一半的收音机和那把绿色的小改锥发愣。仿佛那是属于我的权利。

等到天渐渐地黑下来,母亲流着泪找到我,一声不响地把我从那儿领回去。几乎每天都是如此。

直到有一天,那个名叫"徐大马棒"的修理工,默默地走到我跟前,陪我坐了好半天。他一连抽了两根烟之后，神情就变得更加肃穆。他把一只大手放在我的肩膀上，重重地叹了口气，忽然对我说：

"我们来做个交易怎么样？你要是能够让你父亲留下来的这台半导体发出声音，你就可以把它带走。怎么样？"

那时候，我还很小，能够拥有一台属于自己的收音机，简直是一件连想都不敢想的事。于是，我开始试着摆弄起那台覆满灰尘的收音机来。徐大马棒也开始教我一些简单的技艺。比如，把散乱的漆包线均匀地绕在线轴上；用小刮刀刮去电池弹簧上的铁锈；如何找到短路的线头，化开小焊点，用焊枪把线头重新接上；如何给收音机外接一组容量更大的电池；如何安装电容和电阻……

差不多两个星期之后，父亲的那台只装了一半的收音机居然出声了。我至今还记得，收到的第一个节目，是宋玉庆演唱的现代京剧《奇袭白虎团》。

如果说，在漫长的童年时代，我曾经偷偷地崇拜过什么人的话，那就要算是宋玉庆了。我一直固执地认为，他的英武挺拔，绝不是今天的周杰伦之流可以望其项背的，就算玉芬在少女时代暗恋的大众偶像王心刚，相比之下，也要略逊一筹。

迄今为止，这段《打败美帝野心狼》，仍是我唯一学会的京剧唱腔。

> 同志们一番辩论心明亮
> 识破敌人鬼心肠
> 美帝野心实狂妄
> 梦想世界逞霸强
> 失败时，它笑里藏刀把"和平"讲
> 一旦间，缓过劲来张牙舞爪又发疯狂
> …………

在那个阳光明媚的午后，我听着这段唱腔，忽然想到，如果父亲还在，如果他也能听见这段唱，知道我已经学会了修收音机，那该多好啊！想着想着，就一个人哭了起来。一阵凉风吹到我脸上，我心里忽然一松，那么多天来堵住我嗓子眼、压在我心上的石头，忽然不见了。

我终于接受了父亲离去这一事实。

徐大马棒为我的收音机特地缝制了一个黑皮套。母亲在傍晚找到我的时候，我听见徐大马棒对母亲笑道：

"这孩子，是块好料，比连昆（我父亲）强啊。"

"那将来，就让他跟你当徒弟吧。"母亲说。

"别呀，"徐大马棒把收音机装入皮套，按上搭扣，郑重其事地交到我手中，笑道，"他要入了这一行，哪还有我们的饭吃？"

听他这一说，母亲就更高兴了。她拽着我的手，踩着吱吱作响的冻雪，沿着空荡荡的胡同往家走。我抱在怀里的那台收音机，一路上都在唱着《老房东查铺》。到了胡同口，忽然看见蒋颂平手里拿着一只陀螺，在黑暗中张着嘴，一动不动地望着我们。他戴着有护耳的皮帽子，眼睛睁得很大。直到现在,我还记得当时他那惊骇和羞涩的眼神。

第二天,他果断地将那些成天在一起厮混的女孩子撇在了一边,从此紧紧地黏上了我。我们之间的交往,就是从他缠着我借收音机开始的。

一九七六年八月,关于地震的谣传,开始在胡同的各个角落里酝酿并发酵。"七二八"唐山大地震之后,一机部家属大院的锅炉房烟筒被震歪,它那摇摇欲坠的样子,让人触目惊心,无疑也迅速放大了人们心头的恐惧。很快,大院里搭起了防震棚,椿树街的居民随即开始仿效。理发店边的树林里,街西护城河边的空地上,简陋的防震棚,一座接着一座地繁殖。还有人用麻绳和床单在树林里搭了吊床。

恐慌在静静地蔓延。

七八月份的北京,是雨水最多的时节。最令人不可思议的一幕,出现在八月中旬的暴风雨之夜。那天晚上,母亲带着我和姐姐,趁着天黑,去护城河边偷偷地为父亲烧纸。回来的路上,就遇到了突如其来的瓢泼大雨。深夜的大街上空无一人，可当我们走到向阳照相馆的边上，却突然发现，铺着碎砖的街心，居然搁着一张孤零零的行军床。一个一米八几的大汉，身上严严实实地裹着塑料布，手里还抱着一把雨伞，在大雨中呼呼大睡。母亲笑着指给我们看，感叹世界上还有这么怕死的人。崔梨花这时终于不失时机地接过话头，哆哆嗦嗦地说了一句：

"您还别说，我觉得吧，弟弟好像，也有点怕……"

母亲不断地安慰我们，就算是地震把我们家的那几间破房子震塌了，屋顶上的那几片烂瓦，是砸不死人的。再说了，就算地震是毁灭性的，全北京都震塌了，也没什么大不了的。那些当官的，有钱的，都能死，我们这样的穷人本来命就不值钱，死就死吧。听她这么说，我和姐姐立刻就惊恐地意识到，她的这种想法根本不合逻辑，也很愚蠢。我们一致决定,对她消极悲观的糊涂思想,进行一番死缠烂打的哭闹。后来,母亲被我们逼得没办法,就请人在院里搭了一个小棚子,用砖头垒了一张床铺,让我和姐姐睡在里面。可她自己呢,坚持睡在老屋里等死。

那时,我和蒋颂平已成为形影不离的朋友了。他们家住在一幢五层楼的公寓房里,房子一倒,可不是闹着玩的。因此,他有充足的理由提出在我们家的防震棚中借宿。母亲想都没想就答应了。

蒋颂平虽说平常形单影只,一副不遭人待见的可怜样儿,待人接物却是八面玲珑,能说会道。他整天在胡同里东游西串,见多识广,也很招人喜欢。他不仅知道安东尼奥尼以拍电影为幌子,乔装打扮,混入我国境内,伺机谋害伟大领袖毛主席,而且还知道每个石榴里的石榴籽儿是恒定不变的,不管你怎么数,都是六百六十五颗。

蒋颂平和我们同吃同住的那些日子,母亲还时常和他开玩笑,要他干脆就待在我们家,给她当儿子得了。

还有一句话,母亲时不时挂在嘴边:"这孩子,太聪明了。要是有一天,资本主义果真复了辟,唉,你们姐弟俩恐怕只有替他打工的份儿。"

我们没把她的话当回事。因为,我们心里都有一个坚定的信念,不管天底下发生什么事,资本主义是不会复辟的。

我一直不知道蒋颂平他们家出了什么事,在地震将临的生死关头,他的父母和家人依然没有露面。问母亲,她也不肯说。最后,只是淡淡地说了两个字:很惨。

在恐惧被无限放大的同时,闹地震的那段日子,也给我们带来了一种难以抑制的兴奋。学校放了假,我们无所事事,每天都披星戴月地在外面疯跑。蒋颂平时常带我去郊外的野河里游泳——我们只消沿着东街的丁字路口往南走,绕过一家煤球厂和一座荒草丛生的明代团城,穿过一个铁路桥的桥洞,就来到了野外的河边。游完泳,我们就躺在农民的西瓜地里，吃饱了西瓜后，再美美地睡上一觉。醒来后，肚子饿了，还可以再吃。

实在无聊的时候，我们也会到徐大马棒的修理铺去逛逛。那时的店铺里，新来了一位修理工，占据了父亲原先的那个工作台。徐大马棒的铺子，营业范围有所扩大，也开始修理录音机和黑白电视机一类的玩意儿。徐大马棒自称是这个世界上最不怕死的人，他可不愿意费事去搭什么防震棚！什么"二号病"啦，什么美苏核战争啊，什么毁灭性的地震啊，统统不在话下。他的观点与母亲如出一辙。他说：

"人固有一死。别人能死，我也能死；别人不死，我也不妨一死……"

在地震闹得人人自危的那些日子里，居委会的大妈大婶成天拿着个铁皮喇叭，戴着红袖章，在胡同里来回巡逻，告诫居民们晚上睡觉时千万不能脱袜子。徐大马棒也许是整个椿树街上唯一一个气定神闲的人了吧。可蒋颂平根本不同意我的看法。他认为，徐大马棒是在吹牛。他对我说：

"你糊涂啊！人哪有不怕死的？你看，徐大马棒好像不把地震当回事，一副不怕死的样子。可你有没有发现，他的工作台的角落里，有个弹簧，弹簧上还倒竖着一只空的汽水瓶。那是他自己研制的简易地震测报器。如果真的发生了地震，整个椿树街上，马棒就是第一个知道的人。你要不信，我们就来做个试验。"

说罢，蒋颂平从口袋里摸出一把弹弓，隔着窗户，把粉红色的轮胎皮拉得长长的，随后，手一松，只听"当"的一声，被击落的汽水瓶掉在地上，立刻摔得粉碎。

正在专心致志修着收音机的徐大马棒，像是触了电似的，不由得就是一哆嗦。他茫然地朝四周看了看，然后，他弯下腰去，瞅了瞅地上的碎玻璃，随即摘下老花镜，往桌上一扔，像中了邪似的，在屋里拍着屁股，跳着脚大叫起来：

"地震、地震！乾贵、白菜帮子，快！你们俩，快跑！不好啦，地震啦……"

蒋颂平嘿嘿地笑了两声，拉着我，一猫腰，躲在了窗户底下，压低了声音，讥讽道："你妈逼，老东西！地震了，你倒是赶紧往外跑啊，在屋子里跳什么跳？"

马棒不怕死的神话，当然是不攻自破。可我没笑。不知怎么，我觉得颂平的玩笑也有点太过残酷了。我是一个喜欢让自己的感觉停留在事情表面的人。我有点为马棒感到难过。因为在我很小的时候，就明白了一个道理，不论是人还是事情，最好的东西往往只有表面薄薄的一层，这是我们的安身立命之所。任何东西都有它的底子，但你最好不要去碰它。只要你捅破了这层脆弱的窗户纸，里面的内容，一多半根本经不起推敲。

地震风波还没有最后平息，我们的生活就已经被悄然改变。突然有一天，蒋颂平不再上门。他没有留下任何解释，就从我们的视线中消失了。

我问母亲，她就板起脸来，对我吼道："你问他做什么！这种人，以后少跟他来往。就当他死了。早死早投胎！"

我又去问姐姐，姐姐的眼睛红红的，茫然若失，半天才哭着对我说：

"请你以后别再跟我提他，好不好？"

我说过，我是一个不爱寻根究底的人，也就没再去为难她们。在蒋颂平和姐姐之间，究竟发生了什么事，我不知道，也没什么兴趣，只是心里又多了块石头。每次我在街上遇见他，都有一种说不出来的别扭劲儿。他要么是人影一闪，躲入街边的树林；要么就是假装没有看见我，贴着胡同的墙根，远远地一走了之。有好几次，我都想截住他，把事情问个明白。最终，还是克制住了心头的蠢蠢欲动。因为，假如单方面与他和好，我觉得有些对不起母亲和姐姐。为了不让他感到太尴尬，我也开始主动对他视而不见。

时间一长，我就把这个人渐渐忘在了脑后。

那年十月末的一天，我从学校回到家中，一进门就撞进了姐姐的房间,彼此都吓了一跳。我看见她正坐在床沿上,在一个搪瓷盆里数着石榴籽儿。姐姐先是本能地用手捂住搪瓷盆,随后,不好意思地红了脸,把搪瓷盆往外一推,低低地骂了句:"他妈的,骗子!整个一骗子!"然后,她丢下我,板着脸,把辫子往后一甩,气呼呼地起身走了。

大概也是闷极无聊吧,姐姐走后,我把那个搪瓷盆里的石榴籽一连数了两遍,每次都是六百七十一颗。比蒋颂平所吹嘘的六百六十五那个恒定数,多出了六颗。

我和蒋颂平恢复正常的交往,要等到四年后的一九八〇年。那时,他经过补习,考取了北京邮电学院。而我,则在一年前,从高中毕了业,到红都服装店学做裁缝去了。蒋颂平家里大概果真没什么人了,考取大学后,由他姑姑出面,在台基厂的松鹤楼,摆了几桌酒席谢师。那天下班后,我在骑车回家的路上,在大栅栏遇见了他。两个人都有些不知所措。也许是因为实在找不到话说,蒋颂平就问我,愿不愿意去台基厂一起喝一杯。

我不知道如何拒绝,也就答应了。

由于那天没带什么庆贺之礼,事后,我花了差不多整整三个多星期的时间,在徐大马棒的铺子里,替他装了一台短波收音机。徐大马棒那时已经中了风,瘫在一张烂沙发上。但他还是没有忘记善意地提醒我:用短波收音机来收听邓丽君和《美国之音》,都是违法的。

蒋颂平后来告诉我,他收到我替他装的那台收音机后,一次都没听过,就把它扔到了学校附近的一条臭水沟里。一看到这台收音机,当年在防震棚里发生的那个噩梦,就会死死缠住他。他说,要想彻底忘掉那件事,根本是不可能的,除非发了疯。这么多年来,为了这件事,他已经耗尽了身体的元气。他让我不要介意——除了扔掉那台收音机,他没什么别的办法。看来,当年所发生的那件蹊跷事,远比我想象的还要严重得多。这件事不仅压在他心里，也无时无刻不横亘在我们后来的交往中。每当他投来探寻的目光，那件事情的阴影，就会一下子罩住我们。

蒋颂平在邮电学院，学的是电讯专业。为了让颂平不至于因为跟我交往而感到丢脸，我还瞒着他和家里人，偷偷地在右安门的红旗夜大报了名。红旗夜大没有电讯专业，我就随便选了个"马克思主义经济学"。十多门课程中，只有"大学语文"勉强学得下去，坚持了一年多，最后还是放弃了。

颂平上大三那年，得了肝炎，被学校隔离在地坛医院的传染病房里。我每个周末都会去看他。在光线阴暗的走廊里，陪他坐上整整一个下午。有一天，我在临走之前，终于鼓起勇气，对他说出了多年来盘桓在心头的一番肺腑之言：

"不论当年你与我姐姐之间发生了什么事，也不论这件事如何地卑劣，甚至肮脏，我都会完全、彻底地原谅你。事情既然早已过去，就请你把它忘了吧！就当它，压根儿没发生过一样。好不好？"

蒋颁平大概没想到我居然会这么直截了当地触碰他心中的隐痛。他因肝炎和过度的恐惧而显得蜡黄蜡黄的那张脸，忽然间竟漾漾地泛出了些许潮红。他愣愣地望着我，好半天目瞪口呆。最后，他忽然站起身来，一把抓住我的手腕，肥厚的嘴唇抖个不停，眼睛里噙着泪水，对我说：

"兄弟呀，你原谅我，有他娘的什么用？我自己都不能原谅自己啊！"

这一天晚上，在姐姐家吃饺子，我和常保国都喝得醉醺醺的。姐姐那张长满小肉球和褐斑的脸，被时间消磨、毁损、侮辱，没有了任何的活气，但它仍有足够的力量，禁锢住一段阳光缤纷的岁月，紧紧地锁住一个青春的秘密。

姐夫不断地向我劝酒，不时毫无必要地按一按我的肩膀。他的热情，多少有点让我受宠若惊。他说，若不是一年前他在昌平轧死了人，赔了一大笔钱，欠下一屁股债；若不是车祸导致了他的跛足，

且再也无法找到新的工作,绝不会出此下策,让我搬家。他还说出了一句让我略感震惊的名言:

"他妈的,这个社会,逼得亲人之间也开始互相残杀了。"

就在这个当口,我忽然想起几天前蒋颂平跟我说的那番话来。我明知道这个念头很无聊,还是偷偷地朝桌子底下溜了一眼。姐夫今天脚上穿着的,是一双破旧的旅游鞋。

酒酣耳热之际,为了对姐夫的热情和坦诚有所表示,我心头一激动,就向他发誓赌咒,我会尽快、立刻、马上就搬家。我一边说着这些话,心里一边深深地感到懊悔——好像我搬离了那个北墙漏风的房子,还真有地方落脚似的。我根本没想到,如今,就连蒋颂平服装厂的厂房,也已指望不上了。

姐姐不时地插话,让我多少有些不快。

她反复规劝我跟她单位的那个大舌头同事见面。说什么,假如我这辈子不结婚,不能成家,像孤魂野鬼似的在这个社会上漂着，别说对不起母亲的临终交代，就是死去多年的父亲九泉有知，也不会瞑目的。说着说着，又眼泪鼻涕地哭了起来。

我在半醉状态下答应了去相亲。时间就定在下一周的星期六。我一答应她，心头陡然就蹿出一股毒焰来，对自己产生了极大的憎恶。

为了尽快醉倒，我暗暗加快了喝酒的速度。

《天路》

如果你生活在北京，碰巧又爱喝工夫茶，那你一定会听人说起过"马连道"这个地方吧。它就在宣武区的广安门外，与我们老家椿树街的房子相隔不太远。在我小时候，马连道差不多就已经算是郊区了，我和姐姐常去那儿的果园偷杏子。可如今，这一带居然成了北京最大的茶叶商贸中心，满大街都是福建人或浙江人开的茶铺。

姐姐给我介绍的那个对象——现在我知道她的名字叫侯美珠，就住在马连道附近的小红庙。

星期六的傍晚，我先开车去椿树街接上姐姐，然后一起去小红庙与侯美珠见面。你知道，在和某个女人照面之前，先通过她的名字，想象这人的长相，属于人之常情。在赶往马连道的路上，我多少对这个大舌头的女人抱有某种侥幸心理，并非不可理解吧？由此，你大概也可以想象出当我见到真人之后那种变本加厉的失望。

我们见面的地点，被安排在超市发二楼的一家鸿毛饺子馆里。在那样一个油腻、嘈杂的环境中相亲，我们不得不提高嗓门，互相喊话，让人感觉怪怪的，极为别扭。至于说美珠的长相，我固然不能用"难看"或"丑陋"一类的词来形容，但与梨花反复许诺的"美丽端庄"，还有不小的距离。也许是想让自己变得更年轻一些，她把头发剪短了，发缝中分。她的脸盘过于方正，看上去有点中性。我敢说，如果你在大街上遇到她，不一定会立马看出她是个女的。姐姐曾不断告诫我，不要总是拿玉芬那种水性杨花的狐狸精媚态，来衡量天底下所有的女人。可坦率地说，我还是更喜欢玉芬那种类型。另外，我也不喜欢美珠身上那过于浓烈的廉价香水味。

话又说回来，自打我和美珠见面的那一刻起，我就发现，她其实是一个厚道而善良的人。就算我不想跟她好，也不应得罪人家。她还带来了正在上初二的儿子。那男孩显然已经知道，这个场合对他来说，可能意味着什么；他对我不太友好，可以理解。这个长得圆头圆脑的男孩，低着头打他的游戏机，偶尔抬头斜斜地瞥我一眼，眼睛里透着让人不寒而栗的凶光。

姐姐看我板着脸，一言不发，就不时地拉一拉美珠的袖子，给她递眼色，让她主动一点。梨花其实也不知道如何应付眼下这个场面，只是不断重复着让人听了肝尖发颤的话："往后，咱们就都是一家人了。"

她越是这么说，我们就越紧张。我发现，美珠也明显感到了不自在。她拗不过姐姐的撺掇，忽然笑了笑，往我盘子里夹了一个饺子。说实话，美珠的这个不经意的动作，给我带来的感动，连我自己也始料未及。毕竟，从小长这么大，除了母亲之外，还是第一次有人往我的碗里夹东西啊。我心头微微一热，居然开始认真地盘算起"跟她结了婚，到底会怎么样"这样的问题来了。

姐姐见美珠的心思有了活动的迹象，就把身子转向我，对我道："你可以跟她聊聊音乐什么的。说起来，还真是巧了，美珠也是一个，那个什么，你们时常说的那个什么发烧家。你们在这方面一定会有共同语言的。"

那时，我已经设定了"这个世界上什么事都可以发生，但决不能答应跟她结婚"这样一条底线，心里反而有点轻松。出于礼貌（当然，我对姐姐所谓的"发烧家"也有点好奇），我问美珠平常爱听些什么音乐，使用什么型号的音响器材。美珠的脸憋得通红，她说话的时候，果然有点含混不清，嘴里像是噙着一颗糖。她说，没事的时候也会找一些磁带或 CD 什么的来听。但家里的那个音响，前几天被儿子搞坏了，CD 盘有时候转，有时候又不转。

"没关系,他会修。待会儿吃完饭,就让崔子帮你去看看。保管用不了几分钟,他就能把你的机器修好。"姐姐笑道,"美珠的歌唱得好,不是一般的好。每年我们公司年终开联欢会的时候,她总要上台唱那首《天路》,简直跟韩红唱得一样好。"

她随后就捅了捅美珠的胳膊,小声跟她嘀咕,似乎在怂恿她当即就唱,把我镇一镇。美珠自然又是摆手,又是摇头。奇怪的是,她一边推托,一边用她那怯生生的目光紧紧地盯着我,似乎在推搡中,一直在等我表态。看得出,她本人也非常想唱。我用最严厉的目光逼视她,央求她,让她行行好,不要唱。毕竟,在这么一个人声喧腾、乌烟瘴气的饺子馆里唱歌,有点太吓人了吧。为了让梨花赶紧忘掉她这个馊主意,我试着跟坐在我旁边的小男孩说话。

我小声问他,多大年纪,叫什么名字,在哪里读书之类。他连看也不看我一眼,对我低声下气的问话,一概置之不理。

"大人问你话呢,你不能这么没礼貌。"美珠对他说。

小男孩终于把头抬起来,用他那小兽般凶狠的目光再次打量了我一眼,怪笑道:"你能不能先回答我一个问题?"

"行啊!"我不假思索地说。

"'豆蔻年华'这个词,能不能用来形容男生?"

"说不好。"这个问题有点出人意料,我心里实在没底,就抱歉地朝他笑笑,"我想,大概是可以的吧!"

"错!"小男孩厉声吼道,似乎已掂出了我的斤两,立刻对我失去了兴趣,又埋头玩他的游戏机去了。

因想到第二天一早还要陪盐城的表弟去潭柘寺,好不容易熬到晚饭结束,我便立刻起身告辞。美珠倒也没说什么,可姐姐死活不让。她执意要我去美珠家坐坐,说是去"认认门"。听梨花那口气,就好像我已经答应了这门亲事似的。她还提到了那台损坏多时、等着我去修理的音响，让我不便一味推辞。在人情世故方面，我大概要算是一个比较迟钝的人了，可我还是能感觉到姐姐在拼命撮合这桩婚事背后所隐藏的动机。说实话，那种感觉，让我心里很不舒服。

七八分钟后，我们来到了被脏雾笼罩的一条胡同里，我一回头，发现跟在后面的崔梨花已不见了踪影。对于她拙劣的失踪表演，美珠自然不会觉得意外。

当然，我也不会。

美珠家是一个一间半格局的单元。进门就是厕所。那个狭窄的、只能搁下一张小餐桌的过道，同时也是餐厅和客厅。对面是同样逼仄的厨房，墙上挂着大蒜和腊肠，使房间看上去更为凌乱。往里走，是一个用三合板分隔开的小间，放着小床、书桌和简易书架，大概是儿子的住处。再往里，就是美珠的卧室了。那个圆头圆脑的小男孩，一进屋，就跑到卧室看电视去了。他关门的力量太大，震得门上的挂历左右摇摆。

那台"音响",就搁在冰箱旁的矮柜上,上面还覆盖着一块棕褐色的绸布。看着这台步步高牌的所谓"音响",我简直有些哭笑不得。实际上,它不过是一台带简易CD系统的双卡录音机而已。如果把它称为儿童英语复读机,大概更加名副其实。CD仓在机器的顶部,我按了一下机顶的圆钮,CD盖"啪"的一声,僵直地弹起,吓了我一跳。我用打火机照了照,朝里边望了两眼,很快就发现了问题所在:不过是CD的光头稍稍出现了偏离而已。可美珠在家里翻箱倒柜,怎么也找不到十字花的小螺丝刀。最后,我总算用一把水果刀外加一把镊子,帮她修好了这台"音响"。

由于我顺便替它擦拭了一下CD机的激光头,声音比原来更清晰一些,是完全有可能的,但美珠恭维我说,那声音简直比机器刚买来的时候还要好听,就有点夸大其词了。她把韩红演唱的那首《天路》放了一遍,自己也小声地跟着哼唱,又可怜兮兮地拿眼睛朝我瞄了一下,似乎在恳求我允许她本人把这首歌再唱一遍。我自然不予理会。不过,我发现她在哼唱的时候,咬字居然十分清楚,全无那种嘴里含着异物的感觉,心里不由得暗暗称奇。当她准备把这首歌再放一遍的时候,我就不失时机地站起身来,向她告辞。

她愣了一下,用她那含混不清的声音提醒我道:"我记得你刚才是喝过酒的……"

"喝了一点,怎么呢?"我不清楚她想说什么,抬头望着她。

"你这会儿就走,路上会不会遇到警察?"

"不过是一瓶啤酒罢了。就算遇见警察,一般也测不出来。"

"别大意。还是小心点好。我刚泡了茶,等会儿再走吧,喝点茶,醒醒酒再走。"美珠顺手关掉了音响,把我推到了客厅的小方桌前。

小桌上摆着一套工夫茶的茶具。小巧精致的紫砂壶,外加四只小瓷杯。美珠说,这套茶具,是她刚结婚时和丈夫去苏州度蜜月,路过宜兴时买的。这么多年来,一直没舍得用过。她说完这句话,脸莫名其妙地涨红了,大概心里有点后悔。在这个场合,似乎不该提起以前的丈夫。我喝了两口茶,又苦又涩,茉莉花还有股子哈喇味。我本想提醒她,如果是泡一般性的花茶的话,用不着这么好的工夫茶具。咱是穷人,并不丢脸,模仿富人的做派,才会丢脸呢。但我看见她就着茶水吃药(本应讲究的地方,她反而不讲究),便转而问她,身体是不是有点不舒服。

美珠告诉我,大概在七八年前,她得过甲状腺癌。做了手术之后,这么多年都没有复发,说明病是彻底治好了。她让我不必担心。随后又说,甲状腺癌是所有癌症中最轻的一种,很容易被治愈的。她现在坚持吃药,不过是为了巩固一下疗效而已……

"那么,这件事,我姐姐知不知道?"我打断了她的话,问道。

"什么希？"

"你得癌症这件希啊。"我发现自己居然在模仿她说话。好在美珠不以为意。

"当然知道了。是她陪我去的医院啊……"

美珠一定是没有看出我脸上越来越浓郁的愤怒，她又接着说，她知道我最近好像正被什么人催逼着搬家，没地方落脚。只要我愿意，可以随时搬过来和她们母子同住。至于说结婚证，可以以后慢慢再说。

你大概可以理解，在那个时候，为什么我会当场恼羞成怒。我直截了当地告诉美珠：如今在逼我搬家的，不是什么别人，正是我的亲姐姐崔梨花！

那天晚上，我在美珠的住处待得很晚。说实话，我对这个笨嘴笨舌的女人，已经有了越来越多的好感。不管怎么说，这是一个热心肠的老实人。在如今这个世上，连这样的人，恐怕也已是难得一见。另外，她比我还要糟糕得多的处境，也让我在心里产生了一种冲动——那是一种想要一辈子照顾她的幼稚冲动。不过,这个念头只是在心底一闪而过罢了。当我朝这间拥挤不堪的小屋环顾四望时,我悲哀地发现,假如我果真跟她成了亲,石景山家里那一大堆杂七杂八的音响器材,到底该往哪儿搁呢?

我回到石景山的家中,躺在床上,怎么也睡不着觉。已经是深秋了。从北墙裂口灌进来的风透出了些许凉意。大概是为了躲避秋风的肃杀,虚弱而飞行迟缓的蚊子,纷纷钻入室内,在我眼前嗡嗡地飞着。我睡不着觉,倒不完全是蚊子的缘故。我想起了蒋颂平不久前的一番感慨。那段时间,他心里很乱。在他小时候嫁到宝鸡去的母亲,忽然有了消息,要回北京来跟他同住。他说,亲人之间的感情,其实是一块漂在水面上的薄冰,如果你不用棍子捅它,不用石头砸它,它还算是一块冰。可你要是硬要用脚去踩一踩,看看它是否足够坚固,那它是一定会碎的。

姐姐料定我没有地方可去。为了让我尽早从她的房子里搬走，竟两眼一闭，很不负责地把我推给了美珠，推给那个大舌头，那个处境比我还可怜的人，居然不惜向我隐瞒她得过癌症这样一个重要的事实。我觉得梨花没有我愿意相信的那么善良。我终于开始明白过来，她此前在电话中屡次向我哭诉，都是装出来的。至于常保国用大头皮鞋踢她的"要害"啦，什么尿血啦，当然全是胡扯！她的目的只有一个，就是让我立马滚蛋。我本该清醒地意识到，姐姐当年将那处北墙漏风的房子借给我住，也并非出于什么好意——母亲故去后，椿树街留下的那套宅院，就算姐弟俩平分，原本也应该有我一半；我本该早一点察觉到，自从梨花嫁给了湖北人常保国之后，她的品性、行为、语调乃至长相，都在迅速地模仿那个混蛋……

我在凌晨一点一刻和三点四十分，下床抽了两次烟，终于在天亮前勉强入睡。我很快就做了一个梦。

我梦见母亲盘腿坐在一朵祥云上,远远地飘到了我的床前。她穿着一件立领的绸面黑棉袄,那是姐姐在装殓她时特地从瑞蚨祥的寿衣柜台买来的,看上去很威严,脸白得像是扑了一层石灰粉,没有任何表情。虽说是在梦中,虽说我梦见的这个人是我的亲生母亲,我心里还是很害怕。

我把要不要和美珠结婚,作为一个严肃的问题,向她老人家提了出来。奇怪的是,母亲这次没有笑。

她无声而坚决地冲我摇了摇头,身影倏忽而灭。

第二天早上,我开车带着表弟去潭柘寺游玩。我有些不敢肯定自己真的做了这样一个梦。也许,我心里早已打定了主意不跟美珠结婚,所谓母亲的托梦,不过是自欺欺人的一个借口罢了。

AUTOGRAPH

十一月中旬，我表弟带着女儿，从盐城到北京来旅游。我居住的地方，离门头沟风景区不远，姐姐问我能不能带他们去逛一天。戒台寺，潭柘寺，都可以。相亲之后，我对崔梨花夫妇的憎恶已到极限，但一路上，我还是不断地告诫自己，决不能将对崔梨花的一腔怒火，撒到无辜的表弟身上。

傍晚返城时，我请他们在一处农家院吃饭。出来找厕所的时候，我无意间看见院子里的墙上挂着房屋出售的广告。那是一处厢房，方方正正的两大间，就在院子的西边。门口有一棵老槐树，树上有个喜鹊窝。屋顶上还有几个没有摘下的大南瓜，风吹枯藤，沙沙有声。我找到农家乐的主人，随便问了问，对方开价贵得有点离谱，竟然要三十八万。因这个地方距离我在石景山的住处只有差不多半小时车程，我就多留了个心眼。

第二天早晨，我把表弟他们打发走了以后，又专门开车去了一趟。

主人很快就同意，将房款降到三十五万。他反复向我说明，这处房子，只有四十年的小产权。这倒不是问题。四十年，对我来说已经足够了，我觉得自己恐怕活不了那么长。

房屋倒还整洁，尤其是那宽敞的院子，不由得让人眼睛一亮。由于这个厢房坐西朝东，屋后还有一条小河沟，夏天的夕晒是免不了的，蚊子大概也不会少。主人许诺说，他们可以在院子里给我划出一块地来，供我种植"没有任何污染的蔬菜"。假如我无意自己种菜，他老伴也可以代劳。他的那个老伴，快人快语，脸上红扑扑的，颧骨上像是涂了胭脂一般。我已经很多年没有见到如此健康活泼的人了。我问他们，假如我决定买下这处房子，什么时间可以搬过来住，主人的回答是"随时"。他们急等钱用。他们的儿子在马赛第二大学读书。夫妻俩积攒了一辈子的钱，眼看就要被那个"前世的冤家"糟蹋完了，出售祖屋，也是不得已的事。言谈之间，不胜唏嘘。但房主还是没忘了两次提醒我，马赛在法国南部，是《基督山伯爵》故事的发生地。

我被自己的这个念头缠住了。一连几天，我每晚都会梦见那个小院，梦见那个老槐树上的喜鹊窝。有一回，我梦见自己在树下的躺椅上乘凉，看着玉芬在院子里除草。她竟然随随便便地撩开裙子，在缀满黄瓜和牵牛花的藤架下撒尿。午后的阳光热烘烘的，四周一点声音都没有。她那湍急的尿液四处飞溅，在泥地上冲刷出一个小坑来。我拼命想让自己的头更低一些，以便能够看见她的私处，脑袋就撞在了床沿上。在我醒来的最初一刻，玉芬那摄人心魄的嫣然一笑，还在黑暗中清晰地停留了几秒钟,漾漾地浮动,随后慢慢地变得模糊不清,直到一阵冷风吹过,才最终消失不见。

我决定买下那处房子。仿佛我一旦如愿以偿,困扰着我的所有烦恼,都会在顷刻之间烟消云散。

渐渐地,我心里就生出了一个愚蠢的计划。

你应该还记得,半个多月前,在蒋颂平的书房里,他曾经向我介绍过一个名叫丁采臣的客户,让我帮他配一套"世界上最好的音响"。我不知道什么样的重放系统,可以称得上世界上最好的音响。若是单单从价格方面来说,如果你想置办一套世界上最贵的音响,一两千万人民币也能花得出去。不过,按我也许带有偏见的观点(当然,还有经济实力的限制)来看,英国天朗公司的那款AUTOGRAPH,可以称得上发烧音响中的极品。

不瞒你说,这样的宝贝,我手上就有一对。

在二十世纪九十年代,你若向北京人提起"牟其善"这个名字,几乎无人不晓。他是一位名闻遐迩的商人,擅长篆刻,喜欢登山,常和女演员在一起厮混，这都不是什么秘密。据说，他的行为十分乖张，常有出人意表之举。最为夸张的说法是，无论他在哪个场合出现，你都不可能看见他，因为他穿了一件隐身衣。具体如何，我未亲见，不敢杜撰。其实，在古典音乐发烧界，牟其善也是一位赫赫有名的教父级人物。每年正月十五，他照例都会在权金城包下一层楼面，摆出一套高档发烧器材，邀请北京的发烧友们在一起吃火锅，并互相切磋技艺。他迷恋巴托克和普罗科菲耶夫，可见此人趣味不俗。我曾在这样的聚会上与他见过两次，足以证明隐身衣的说法毫无依据。

一九九九年八月，他在攀登贡嘎山的途中不幸遭遇雪崩。消息传来，让人不胜悲伤。我还参加了由发烧友们自发组织的一个小型的追思会。那天在追悼现场反复播放的音乐作品，正是巴托克的《山村的夜晚》。

牟其善死后，为了偿还所欠债务，他夫人对其名下的部分房产和收藏物品进行了半公开的拍卖。

之所以说是半公开，因为知道拍卖消息的人，实际上很少。蒋颂平那天正因闹痢疾而卧病在床，就打电话让我代他去碰碰运气，看看能不能在那些琳琅满目的音响器材中，淘到便宜货。

在那天的拍卖过程中，几乎所有人的目光，都被牟其善收藏的字画、古董和黄花梨家具吸引住了。一直到拍卖会将散，那对六角形的天朗AUTOGRAPH，俨然貌美如花的孪生姐妹，羞涩地挤在大厅的墙角，居然一直无人问津。我敢说，自从我到了拍卖现场之后，我的眼睛始终没办法离开它哪怕一秒钟。我静静地守护着它，甚至不敢大声呼吸，直至人散楼空。最后，当我以底价八万元拍得此品的时候，整个人都快要虚脱了，像是喝醉酒似的，周遭的一切，都有些虚幻不真。

这款箱子，问世于一九五四年。伟大的设计师 Guy R. Fountain 推出这款呕心沥血之作，据说是为了最大限度地发挥 15 英寸同轴单元的潜力。Fountain 不仅为这款音箱选用了最好的单元,而且为它设计了极为复杂的迷宫式结构。AUTOGRAPH,中文本应译为"签名"或"手迹",但奇怪的是,在发烧界,它一直被刻意误译为"自传",并以讹传讹。因为制作单元的天然钴磁断货,加之箱体的加工成本高昂,这款音箱于一九七四年就已停产,市面上十分罕见,据说在整个远东地区,也只有三对而已。至于眼下在二手市场上流通的 AUTOGRAPH,如果不是它的复刻版,那就是 mini 型的廉价书架箱。

我从拍卖会上买下这款箱子之后,出于某种担心它会突然消失的忧虑,一直瞒着蒋颂平。另外,对于这款箱子的真正价值,我也瞒着玉芬。有一天,我送完货回家,一进门就惊愕地发现,玉芬竟然用他妈的钢丝球和白猫牌洗涤灵,"嘎吱嘎吱"地擦拭这款音箱。她擦得十分卖力,仅仅是为了让它看上去"更新一些"。而且,她在两只箱体的顶端,还他妈的各放了一只沉重的花盆。

我吓得差一点当场晕厥。

当我和玉芬闹离婚的时候，我提出的唯一要求，就是带走包括这对AUTOGRAPH在内的音响器材。你据此可以想见，我对这款箱子痴迷到了什么程度。那段时间，姐姐崔梨花每次见到我，都会唉声叹气地骂我白痴。我只当没听见。至于混蛋常保国，他的话就更难听了。那年元宵节，他们夫妇来石景山看我，刚喝了两杯酒，姐夫就再次开导我说，玉芬红杏出墙在先，这婊子自己夹不住双腿，偷人养汉，按照法律的规定，应该让这个臭婊子净身出户才对，只有傻子才会同意将房子让给她。我被他骂得实在受不了了，就从厨房里拿来了一把菜刀，往他面前的桌上一扔，并严肃地警告他，如果他胆敢再说玉芬一个脏字，要么他杀我，要么我杀他。

常保国一连骂了我七八个"乌龟"之后，饭没吃完，就拽着他老婆，跺着脚，气咻咻地走了。

不过，话说回来，将房子让给玉芬，我其实一点都不吃亏。这笔账，我心里也盘算过无数遍了。

上地东里的那套房子，我买的那阵子，只花了不到十八万。可是现如今，这对 AUTOGRAPH，在二手交易网站上的价格也已经超过二十万了。如此分割财产，应该说公平合理。上地东里离玉芬的工作单位很近，她要下那套房子，图个上下班方便，也是天经地义的。再说了，玉芬跟了我这么多年，过了这么久紧紧巴巴的日子，我心里想起来，都觉得羞愧难当。我连她一直嚷嚷着要买的一块三千元的和田玉坠儿，都没能满足她啊。

为了让箱子保持比较好的工作状态，不至于让它因常年封存而导致声音板滞，我几乎每隔一个星期，就要煲它一次。通常是在夜深人静的晚上。我会找来一盘意大利四重奏乐团演奏的莫扎特（迄今为止，它仍是我的至爱），或者季雪金弹的拉威尔或德彪西，一个人用很小的声音听上两个小时。我知道，由于系统配置的限制，这款箱子暂时还没有办法发出理想的声音。就像一位美貌的少女，刚刚从晨曦中醒来，尚未梳洗打扮。但那也已经足够了：我能感受到她压抑不住的风韵，她的一颦一笑，她那令人销魂蚀骨的魔力。

有好几次，当那熟悉的乐音在夜幕中被析离出来，浮荡在那个北墙有裂缝的客厅里，我禁不住喉头哽咽，热泪盈眶。就好像玉芬从未离开过我；就好像那声音中被析离出来的，正是她那满月般如花的脸庞。就好像，在这个肮脏而纷乱的世界上，我原本就没有福分消受如此的奢靡。

无论我身处何地，无论我曾遭遇到怎样的辛酸、孤独和屈辱，只要一想起AUTOGRAPH，想到她静静地倚立在客厅的墙角，在等着我的归来，我的心里总会有一个确凿无疑的声音在安慰我：

朋友，你的日子还不算坏。你那可以望得见的未来，也还有点希望。

可是现在，你大概已经知道，我所说的那个"愚蠢的计划"，指的到底是什么了。没错，我要让这对箱子出手，把它卖给丁采臣。

毫无办法，我只能这么做。

我想起很多年前的一天，当我喜滋滋地把玉芬带回家的时候，母亲脸上依次掠过的惊骇、怀疑和担忧，让我十分意外。"你这个婆娘，有一多半是替别人娶的。"她当时就是这么说的。她说这番话的时候，脸上还带着笑，有一种轻描淡写但又让人毛骨悚然的神秘。

那天晚上，我送走玉芬后回到家中，已经是深夜一点多了。母亲的胸口堵得厉害，正坐在院里的小板凳上大口地喘气。梨花悄悄地把我拽到一边，神色凝重地问我，要不要送她去医院。我可管不了那许多。把姐姐支走之后，我一把就将母亲从小板凳上拽了起来，并要求她向我解释，刚才她说玉芬的那番不伦不类的话，到底有什么根据。

母亲的脸被月光衬得蓝幽幽的，她轻轻地叹息一声，对我说：

"穷人凭运气，有时候也能捡到宝贝。但你就是没法留住它。我说句你不爱听的话，这个女人，你也就是过一过手罢了。临了,她还得去她该去的地方。"

母亲看我目瞪口呆的样子,就顺手撸了一下我的胳膊,安慰我道:"孩子啊,能够过过手,也是咱家上辈子积下的福分啊。你说说,人所能有的最好的东西,是什么呀?是命,对不对?可你就是成天把命抓在手里,紧紧地攥着,临了,还得要撒手,对不对?"

确实,我在后来的很长一段时间中,在心里默默地嘲笑她、怨恨她,甚至一度巴望着她早点死掉。就算她真的死了,我在她的葬礼上连半滴眼泪也没掉。她得了那么重的病,居然还苦苦支撑了四年之久,似乎就是为了活着看见她那不怀好意的预言变成现实。

可现在,你知道,当这对 AUTOGRAPH 即将出手之际,我忽然一切都明白了。

现在,我倾向于认为,我母亲是这个世界上最伟大的智者;现在,我爱她,胜过自己攥在手心里的命。

好了，不说这些了。既然打算要出售这对 AUTOGRAPH，既然我已决定把它作为"世界上最好的音响"转让给丁采臣，我现在唯一需要考虑的，就是为它设计并搭配一套体面的、说得过去的系统。就如同自己心爱的闺女要出嫁，老父万般不舍，也还得强打精神，为她张罗嫁妆一样。起码，我得给她做一身漂漂亮亮的衣裳，看着她体面地出门吧。

最先考虑的自然是胆机。KT88 的推力足够粗犷威猛，但我嫌它声音发干，高频的延展性不够。相比之下，EL34 要稍好一些；声音虽说细腻得多，可总是欠缺一点密度感，味道也不够厚。当然，我也可以考虑使用 300B。你知道，300B 的声音没得说，可惜的是，它只有 12 瓦的输出功率，能否让我心爱的 AUTOGRAPH 感到满足，从而达到琴瑟和谐的境界，我心里一点没谱。我也可以考虑将它做成推挽式，使它的功率放大一倍，但人为增加它的功率，跟让一个阳痿患者服用过多的"伟哥"其实没有太大区别。考虑来，考虑去，最后，我把心一横，决定铤而走险，为它制作一台单端的845。

845电子管功放，在发烧界素有"胆王"之称。我早年收藏的那款大功率直热式RCA电子管（它被发烧友尊称为"一柱擎天"），正好可以派上用场。不过，对于我这样一个家庭作坊式的胆机制作者来说，组装一台高水平的845绝非易事。它对工作电压的要求特别高，且制作过程也具有相当的危险性。我曾尝试着做过两台这样的机器。第一次侥幸成功，另一次，因为手掌的皮肤被瞬间释放的电流烧焦，最终半途而废。但为了我心爱的AUTOGRAPH能称心如意，我决定豁出老命去，干它一次。

谢天谢地！我后来制作这台胆机的过程十分顺利。联想集团人事部的一位高管闻讯后，特地赶到我的住处，试听了一次，竟然死皮赖脸地缠了我一个晚上，劝我把这台845让给他，被我断然拒绝。

至于音源的选择，我在瑞士的Studer D-730和英国的Linn 12之间摇摆不定。我更倾向于Studer D-730，只是这种型号的CD机在国内市场十分少见，而在eBay上通过拍卖从国外购入，又颇费周章。而那款著名的Linn 12（乐迷们习惯称它为"莲12"），则是发烧友公认的最顶级的CD机，拥有接近黑胶的音乐味儿。我知道，在音响发烧网站上，现今就挂着一台。卖主就在北京的通州，机型是24比特的，对方要价八万元。我记得这款CD机，在网上已挂了三个月，一直无人理睬，大概是嫌它的二手价格太贵了。我想，若是"刀"他一下，砍到七万左右，还是有可能的。我尝试着给卖主打了个电话，经过一番讨价还价，它最后的成交价格，被确定为六万八。

接下来，我找来纸和笔，做了一道简单的算术题。

天朗的这款AUTOGRAPH，即便在国际音响界，也一直是发烧友们竞相罗致的抢手货，基本上挂出一对，就卖掉一对。不久前，在墨尔本成交的一对相同型号的箱子，价格达到了四万五千美元，折合成人民币，已接近三十万元。以上述价格为参考，我的这对箱子以二十五万人民币的价格出让给丁采臣，是说得过去的；至于说845的功放，我只收他四万元；瑞士的VOVOX监听级讯号线和喇叭线加在一起，约合三万五千元；再算上莲12 CD机的六万八（你已经知道了，这款机器，我还得从通州的卖主手里收购，差不多要花掉我的所有积蓄。我打算以原价转让给丁采臣，不多收他一分钱），这套音响的总价，已经超过了三十九万。

也就是说，我用这笔钱，付清农家院主人全部房款之后，还略有剩余。因此，你可以想一下，我被心爱之物即将出手的忧郁所包围的同时，是不是也能感觉到一种如释重负的轻松？

我拨通了丁采臣的电话。秘书台传来的录音显示，他暂时不方便接听我的电话。我留下了自己的号码,随后就陷入了心烦意乱的等待中。还好,差不多二十分钟之后,丁采臣把电话打回来了。

他的声音听上去虚弱而温和,却异常清晰。我做了自我介绍,并马上提到我和蒋颂平的关系。然后,我跟他说了说正在为他搭配的这套音响——其大致配置、性能和交货时间。对方很有耐心地听着,无论我跟他说什么,他总是用一个字来回答,那就是"好"。

应当说,在我刚刚跟他通电话的时候,我并未发现这个人有任何异常,或者如蒋颂平所警告的,有什么神秘和危险。他显得彬彬有礼,至少声音听上去如此。有两次,他提醒我说慢一点,因为信号有点不太好。当我向他吹嘘这套系统将会给他带来怎样的听觉感受时,他甚至还呵呵地笑了一声,反问我道:

"哦,是吗?"

如果说我们在电话交谈中有那么一点令人疑惑之处,我觉得,怎么说呢,他有点心不在焉。好像是刚刚睡醒,反应略显迟钝。另外,在跟我说话时,不知为何,总在哼哼唧唧。最后,我告诉他,这套系统的总价在三十九万元左右,并问他能否预付一部分款项。对方立即爽快地对我道:

"这不是问题。这样,你告诉我一个银行卡号,我把总价款的三分之一,三分之一,你看可以吗?也就是说十三万,先打到您的账上。您看这样行不行?"

我报出了招商银行的卡号。出于稳妥起见,我要求对方重复一遍银行卡上的数字。电话里再次传来了哼哼唧唧的声音:"不好意思,我现在正坐在马桶上,没法记录。好像是吃了什么不干净的东西,有点腹泻。这样吧,你把开户名和卡号发到我的手机上,我让人把款子给你打过去。"

我随即将卡号给他发了过去,并附了一个短信,要求对方收到卡号之后,回复确认。我的谨慎并非不可理喻——这毕竟是我从事胆机生意以来最大的一笔买卖,我得保证它万无一失。但没想到,丁采臣随后的短信回复，却让我猛然间大惊失色：

虎坊桥西里，三十七号院甲。事若求全何所乐？干吧。多带几个人去。这也许是我们最后的机会了。

很显然，这是一条错发的短信。也就是说，丁采臣忙中出错，将本应发给别人的信息发到了我的手机上。这种事情常有发生，本来也没什么可以大惊小怪的地方。但细细揣摩这个短信的内容，不知怎么搞的，我对这位客户的疑虑和担忧，开始急剧地增加。我说过，我对别人的隐私毫无兴趣，凡事也没有刨根问底的好奇心。本来，我可以再给丁采臣发条短信，提醒对方发错了信息，可我无法让自己怦怦乱跳的心平静下来。直觉，我那总是要被验证的直觉，不允许我这么做。你知道，在当今社会，无意间获悉对方的重要隐秘，会有怎样的麻烦和风险，是不消多说的。

好在五分钟之后，丁采臣的确认短信再度出现：

卡号收到，请放心。

大约十六天后，当我第十七次来到楼下的邮局，去自动取款机上查看银行卡时，丁采臣的十三万预付款已如数到账。我终于松了一口气，并为自己的多虑、为自己半个多月来的失眠和胡思乱想而感到羞愧。我总是没有来由地把事情往坏处想。

看来，疑神疑鬼这个老毛病，得好好改一改了。

莲 12

自从我迷恋上发烧音响这个行当以来，我曾无数次从世界各地的发烧友手中购买器材。大到音箱、古董喇叭单元、功放和 CD 机，小到电阻、电容、焊锡和唱针，始终遵循着发烧界款到发货的不成文规矩。不论卖主是在信誉相对良好的香港，还是在不那么靠谱的河南，通常，我把货款打入陌生客户的账号，从未出现过任何闪失。不要说款到不发货的欺骗行径从未发生过，就连以次充好、隐瞒瑕疵或故障这一类的事，也极少出现。在如今各种骗术大行其道，令人防不胜防的社会上，二手音响销售，竟然还能维持良好的商业信誉，不能不说是一大奇迹。这也可以解释,为什么我置身于利润如此微薄、经营越来越惨淡的行业中,依旧乐此不疲。不管怎么说,发烧友的圈子,还算得上是一块纯净之地。按照我不太成熟的观点,我把这一切,归因于发烧友群体高出一般人的道德修养,归因于古典音乐所带给人的陶冶作用。事情是明摆着的,在残酷的竞争把人弄得以邻为壑的今天,正是古典音乐这一特殊媒介,将那些志趣相投的人挑选出来,结成一个惺惺相惜、联系紧密的圈子,久而久之,自然形成了一个信誉良好的发烧友同盟。你如果愿意把它称之为什么"共同体"或"乌托邦",我也不会反对。不管怎么说,多年来,我一直为自己有幸成为这个群体的一员而感到自豪。

不过,我的上述观点遭到了白承恩律师的大肆嘲弄。白律师是我的固定客户之一,他平常比较偏爱文艺复兴至巴洛克时代的音乐,而且只听黑胶。几年前,他刚从荷兰的海牙学成归国,就在建国门外的CBD中心区,建立了自己的律师事务所,主要从事涉外业务。他对穷人深入骨髓的蔑视，曾一度让我感到不快——比如说，他从来不接律师费低于二十万元的任何业务。但平心而论，接触多了，我很快就发现，他是我们这个社会上为数不多的有见识的人之一。每次与他交谈之后，我都会有一种醍醐灌顶之感。

一天中午，当他耐着性子听完了我关于古典音乐乌托邦的那番话之后，直接将它斥之为"胡说八道"：

"崔师傅，你得好好读点书才行啊！你的这些糊涂观念，究竟是从哪里来的？德国的纳粹分子，白天把成百上千的犹太人赶入焚尸炉，眼睛都不眨一下，连抱在怀里的婴儿都不肯放过；可到了晚上，并不影响他们悠闲地喝着咖啡，欣赏莫扎特和肖邦啊。在德国纳粹的那些刽子手中，具有精深音乐修养的人多得是，可他们在杀人的时候，何曾表现出哪怕一丁点的善良和仁慈？你是发烧行家，总该听说过富特文格勒吧？资产阶级社会，打它诞生的那天起，同时也产生了它的英雄主人公。当这个主人公化身为德国国家社会党的时候，它就是希特勒。当它摇身一变，成为榨取一切利润的资本家的时候，它就成了吞噬万物的恐怖怪兽。如果它化身为音乐大师呢？毫无疑问，这个主人公就是贝多芬。因此，我固然不能说贝多芬跟希特勒是一回事，但他们之间的界限，并不像我们常人想象的那么大。你现在明白了吧，为什么我只听文艺复兴和巴洛克？在我看来，巴洛克之后的社会，基本上就是一堆狗屎。这个世界，我早就放弃了。

"你刚才说，你在发烧友这个群体中，从未遇到欺骗一类的事情，这根本不能证明这个群体的素质或所谓的修养有多么高，更不能表明他们道德上有任何优越之处，只能说，你的运气比较好罢了。在一个肮脏、平庸的世界上，运气就是唯一的宗教。你把发烧友这个群体，想象成一个秘密的大同世界，这是你的自由。可你既然要做生意，我劝你还是谨慎一点，小心为妙。指不定哪一天，厄运就会自己找上门来……"

由于我的记忆力不佳,特别是知识有限,我不能保证一字不漏地记住白承恩律师的原话,但他的大致意思,就是如此。当时,我被他的这一席话,弄得面红耳赤、十分狼狈,具体情形不难想象。我这个人,从根本上说,虽然十分固执,但也绝不是听不得不同意见。我把白律师那番话一连想了几个月,把贝多芬的那九个交响曲和六部晚期四重奏,从头到尾又听了一遍,最终不得不老实承认:我的确有点不可救药。

我无法不喜欢贝多芬。

不过,白律师的这番教训,也给我带来了一个明显的副作用:从那以后,我每次往卖主的银行卡上打款的时候,总是有点提心吊胆,担心白律师预言的厄运,会突然降临到自己身上。

不用说,当我在银行给通州的那个莲 12 卖主打款的时候,害得我憋出一身冷汗的,正是白律师的上述警告。

我说过，六万八千元，差不多就是我现在的全部积蓄了。我把那笔款打到他指定的账户之后，一连三四天杳无音讯。我只得不断地拨打他的电话，可对方总是显得很不耐烦的样子，一会儿说他在贵州的铜仁，一会儿又推说他在呼和浩特。到了后来，连电话都打不通了，不是关机，就是"您呼叫的客户暂时无法接听"。

我向蒋颂平咨询，他让我别再犹豫，立即报警。我又硬着头皮向白律师请教。我原以为他一定会借机对我冷嘲热讽，没想到，他认真地想了想，反倒不赞成报案，而是劝我冷静下来，不妨再多等几天。不消说，白律师的建议，再度被证明是正确的。

就在我为丁采臣制作的那台845功放完工的那一天，我接到了莲12卖主主动打来的电话。他告诉我，此刻，他本人，正抱着那台莲12，站在我楼下的单元门口。很显然，这哥儿们是一个莽撞的人。他刚从辽宁的本溪回来，为延期交货向我再三道歉,还给我带来了本溪的几样土特产:一包松仁、一包榛子,还有一小瓶核桃油。出于客套或敷衍,我把机器抱上楼以后,顺便邀请他一起吃晚饭。此人不仅欣然同意,而且在吃饭的中途,假装出去上厕所,抢着替我付清了餐费。

后来的事实再次证明,通州的这位卖主,的确是一个很实在的人。他在网上挂出的卖单上许诺说,他的那台莲12机器有九五成新,可当我将它从柔软的包装薄膜中取出来的时候,我发现它简直就跟全新的一样。灰白色的机身,泛着冷冷的光泽,有一股子清洌的金属味。我还是第一次经手莲12合并CD机。你大概也听说了,迷恋这款机器的发烧友们,还给它取了一个很特别的名字,叫做"毒药"。

坦率地说,我有点激动。我首先将电源连接上变压器,然后用瑞士生产的VOVOX线材,将莲12 CD机、845胆机以及AUTOGRAPH逐一通连,手忙脚乱之中,竟然让变压器的拉丝钢罩划破了手指。差不多十点了。楼上杂乱的脚步声和孩子的哭闹,已渐趋平息。我迫不及待地想听到这套全新的系统所发出的声音,等待胆机烧热的这半个小时,变得无比漫长。

其间,我的姐姐给我打来了一个电话。

她一旦唠叨起来,就没完没了。她反复问我对侯美珠印象如何。我的支支吾吾,被她误认为是害羞;我不想破坏欣赏音乐的心境,强压住心头的怒火,处处赔着小心,也使她觉得我软弱可欺。她竟然劝我趁热打铁,这个周末就和美珠去办什么结婚手续。最后,我终于被她逼得失去了控制。

"去你妈的!"在挂断电话之前,我突然吼道。

"喂,喂喂……怎么说话呢这是?我妈?我妈是你什么人呀?……"

萨蒂,《玄秘曲》

丁采臣的家,住在一个名叫"盘龙谷"的地方。它位于平谷和天津的交界处,实际上已属于蓟县的地盘。我开车沿着阜石路,上西五环,然后经北五环转机场高速,在第三航站楼附近,盘上京平高速。

与丁采臣给我发来的路线图所标示的一样,差不多一个半小时后,我开始进入一条不长的隧道。最后,我在一个名为"田家峪"的收费站交了二十五元钱的过路费,开始拐向人烟稀少的山间小道。

秋天正在结束。山上的火炬树、元宝枫、黄

栌、水杉之类，在寒霜中全都红透了。整个山峦铺锦堆绣，但它所呈现出来的色调，却并非单纯的红，而是一派夹杂着深紫、明黄和棕褐色的斑斓和驳杂。这大概就是北京人常说的、只有在深秋时节才会出现的"五花山色"了。北京郊外，居然还有这么美的地方！你知道，当我开车行进在群山环绕的乡间小路上，梗在心头的，除了惊叹之外，多少也会有一种无缘侧身其中的怅惘或愤懑。你不得不佩服有钱人灵敏的嗅觉。他们总是有办法在工业污染和垃圾围城的都市周边，找出一些风光秀美的残山剩水，并迅速将它据为己有。

按照我和丁采臣的约定，在一个人迹罕至的三岔路口，我果然发现了那座巨大的广告牌——上面写着"发展是硬道理"，而邓小平的半身画像，则略微有点失真。丁采臣那辆黑色的大众辉腾，就停在广告牌下。他并未下车，只是按了两声喇叭，将手伸出窗外，朝我挥了挥，示意我跟他走。我们沿着起伏的山路往东，又开了大约十多分钟，在一处高尔夫球场附近，矬进了一个幽僻的盘山小道。

你如果去过朝阳的798或酒厂艺术区的话，就很容易想象出那些别墅的建筑式样。红色的砖墙、夸张得不成比例的长条形窗户、圆柱形的水塔、外露的青灰色的钢梁……如果没有楼前屋后那些高级轿车的点缀，乍一看，你还以为自己来到的地方，是一个二十世纪五六十年代司空见惯的厂区。那些散落在平缓的山包上的建筑，隐伏在掉光了叶子的树林之中，拙朴中透着精巧，简单中隐藏着繁复。远远地看上去，仿佛那不是什么高档别墅群，而是随便码放在山间的一堆积木。

丁采臣是一个四十出头的中年人。个子不高，有点瘦，看上去一副病恹恹的样子。他穿着一件黑色带拉链的高领毛衣，灰色的灯芯绒裤子。窄窄的脸，络腮胡子，但并不显眼。眼睛很小，也很圆，在茶色的镜片后面挨得很近。

他有事没事总会时不时地吸一下鼻子。

我鲁莽地向他伸出手去，同时马上意识到，他其实并没有与我握手的意思，但为时已晚。为了避免尴尬，我只得一把抓过他的右手来，象征性地摇了摇——我发现，他的手掌也显得绵软无力。不过，总的来说，我并没觉得这个人有什么神秘感，或者，有什么让人感到畏惧的地方。甚至，他偶尔一笑，还略微带着一种矜持的羞涩。我不知道蒋颂平在向我介绍他时，为何神色那么诡异。特别是，为什么要把这个普普通通的人，与那部名为《倩女幽魂》的电影联系在一起。

丁采臣问我从哪来，路上好不好走，早晨刚刚在隧道发生的六车相撞的交通事故是否已经清理完毕。还有一些别的事。都是一些平平常常的话。随后，他朝不远处正在巡逻的两个保安招了招手。那两个保安立刻会意，随即改变了他们固定的巡逻路径，加快步伐，朝这边跑过来。采臣随后对我说了句："我们先进屋喝杯茶。车上的东西，就让他们来搬。"转身就走了。

我不安地提醒他，两个保安恐怕还抬不动那箱子,丁采臣头也不回地摆摆手:"你别管,他们自己想办法。"

我跟着他,由北边的一扇小木门进了院子。沿着鹅卵石砌成的小径,绕过一簇被霜打暗的乌桕树丛,上了三四节台阶,来到了朝东的大门边。台阶下有一个窄窄的廊道,花木扶疏,与前院相连。

这幢别墅给我的第一印象,是它非同一般的私密性。玄关被垫高了,加上墙幕的间隔,下沉式的客厅、中西餐厅和宽敞的厨房,被自然地分割成三个独立的部分。客厅巨大的玻璃窗采光很好,由于院子的围墙很高,外面的行人不可能窥探到室内的动静。可对于主人来说,不管你透过哪扇窗户朝外看,不远处苍茫的山林秋色,都仿佛近在咫尺。

我曾经在电话中向丁采臣打听过客厅的大致格局。连日来,我对那面朝南的玻璃墙比较忧虑。因为你知道,光溜溜的玻璃根本拢不住声音。玻璃造成的反射,会使乐音在房间里到处乱撞,结像效果一定会很糟糕。按照我的建议,丁采臣在客厅的南窗新装了一个厚厚的布帘。单从这一点，你大概也可以判断出，丁采臣这个人，通情达理，凡事都很好商量。

这间客厅，虽说足够高大宽敞，但对于欣赏音乐来说，并不是一个适宜的环境。一般来说，扬声器总是要在短墙摆放。可问题是，这个客厅的短墙在东西两侧。西墙边的柜式空调不能随便移动，旁边还有一个巨大的玻璃鱼缸——水草柔软地披拂摇摆，两尾带鱼状的动物（当时，我还不知道它就是名贵的金龙鱼）来回巡游。而东墙的位置，有一个带转角的阳光房，是椭圆形的，也不适合摆放音箱。更何况，阳光房里还搁着一张木质的躺椅，旁边有一张小圆凳。

我注意到，圆凳上的托盘里，搁着一只咖啡杯和一本书，还有两枚女人用的淡蓝色的发卡。合情合理的推测是：在我们进屋之前，女主人也许正躺在那儿看书或晒太阳。这会儿已经走开了。

当那对沉重的AUTOGRAPH被人呼哧呼哧地

抬进屋来的时候，保安的人数已经增加到了六个。丁采臣吩咐他们，将它放在南墙的落地窗边上。但这样一来，音箱距离沙发的位置就太近了，毫无疑问会影响到声音的定位。不过，我没有向丁采臣指出这一点。因为我已经发现，尽管丁采臣看上去沉静温和，可他一直紧锁着眉头，一副若有所思的样子，似乎不怎么爱说话。

准备试音的时候，我问他介不介意把窗帘拉上，他静静地吸着烟，抬头看了我一眼，随后小声道："噢，随你便。"

那声调听上去有些倦怠，虚虚的，丝毫没有发烧友在试听新系统时那种压抑不住的兴奋。失望之余，我请他挪个地方，坐到沙发的正中间去。这样，他的耳朵与两个音箱之间，正好构成一个等边三角形。

他先是愣了一下，随后也就照办了。

为了使气氛变得轻松一点，我有点卖弄地向他介绍了一下这套系统的特点，特别是国际音响界对它的基本评价。我告诉他,这套系统能否算世界上最顶级的音响,我倒也不敢保证,但在我所听过的系统中,它毫无疑问是最好的。我半开玩笑地对他说,这款箱子,我已珍藏了十二年之久,一直舍不得出手,我对它的依恋,怎么说呢,里面有一种混杂着女儿兼情人的特殊感情。

"那样的话,岂不是有点乱伦?"丁采臣勉强朝我笑了笑,忽然道。

我带来了三盘试机碟。第一盘是钢琴作品,用它来测试声音的纯净度和系统的分析力,自然是必不可少的。为了让新主人领略一下 AUTOGRAPH 同轴单元那超凡入圣的延展性和人声之美,我选择了意大利歌唱家巴托利演唱的多尼采蒂的歌剧。至于动态、定位感和管弦乐的密度,我选了一套 Chesky 公司于一九九〇年出版的理查·施特劳斯的《莎乐美》,这张唱片由多拉蒂指挥,皇家爱乐乐团演奏。众所周知,这是一张不可多得的名盘。它是伟大的录音师威尔金森鼎盛时期的作品。

我依次播放这三张CD，每张三至五分钟。当时，我已经吃惊地观察到，丁采臣其实是个音盲。他对音乐完全无动于衷。他脸上像是涂了一层蜡，没有任何表情。你知道，我的心里非常窝火。除了偶尔吸一下鼻子之外，他甚至一度从桌上拿起了报纸——大概是由于屋子里的光线太暗，随后又把它放下了。至于这个音盲为何要嘱咐蒋颂平为他弄一套"世界上最好的音响"，其中的原因我没有兴趣去妄加猜测。我有些心灰意冷，不过是在麻木地履行交货的最后一个程序罢了。

多少让我感到有点意外的是，当我将唱片换到第三张，也就是《莎乐美》的时候，丁采臣忽然清了一下嗓子，对我道：

"是不是太吵了一点？嗯？你不觉得吗？你能不能把前面那张盘，再放一下。"

我脑子里还残留着放在一只盘子里被端上来的圣约翰的人头的影像，听他这么说，我赶紧中断了莎乐美那疯狂的舞蹈，重新换成了意大利美女巴托利。

"不不，不是这张唱片。"丁采臣再次对我说，"你最先放的，弹钢琴的那一张。"

原来他指的是罗热演奏的那张钢琴。

让我暗暗感到奇怪的是，在随后的很长一段时间里，丁采臣一边听，一边竟开始发表一些简短的评论。更让我感到震惊的是，他显然已经意识到自己是个外行，发表评论时也有些迟疑，显得不太自信，但不知怎么搞的，我觉得他对音乐的大致感觉，还是相当准确的。比如：

"钢琴的声音，就好像是在雾中传来的一样。我说的不是漫天的大雾，而只是那种薄薄的，像轻纱一般的雾。朦朦胧胧的，是不是？"

"也许吧。"

"这是谁的作品？"

"萨蒂，是位法国音乐家。"

"他有名吗？"

"不好说。"我把音量稍稍调小一点,对丁采臣解释道,"有很多人悄悄地喜欢他。"

"为什么说是'悄悄地'?"

"噢,我是说,萨蒂在音乐史上的地位并不高。大部分听音乐的人,当然,我指的是在中国,不太知道他。不过,好像也不能这么说,喜欢他的人,近些年渐渐多了起来。不知道为什么。我的意思是说,在音乐史当中,他是一个地位遭到明显低估的音乐家。说起来,他还是德彪西的老师呢。"

"那么,这个德彪西,又是谁?"

"德彪西?我刚说过,萨蒂的学生啊……"

"别见怪。我是一个对音乐一窍不通的人。"从语调上看,丁采臣的心情似乎大有好转,"我们现在正在听的这首曲子,叫什么名字?"

"《玄秘曲》。"

"是不是有一层雾裹着?"

"没错。好像是有雾。我以前没怎么注意。"我笑道,"如果你喜欢这张盘的话,我可以把它留下来。"

"那倒不用。"采臣抱着双臂,声音再度显得矜持,有点冷冰冰的。

等到我们将萨蒂的那六首《玄秘曲》依次听完,坦率地说,我对丁采臣这个人,已在不知不觉中,产生了很大的亲近之感。看得出,这个人对古典音乐的知识简直是贫乏得可怜,也可以说是一无所知。但他在欣赏音乐过程中的那种专注和虔诚,却让我颇为感动。他不像一般发烧友那样,担心别人看轻自己,不懂装懂,夸夸其谈,不像他们那么自恋和神经质。在聆听《玄秘曲》的大部分时间里,他靠在沙发上,身体微微前倾,托着下巴,安静得像个梦中的婴儿,甚至连他时常要猛吸一下鼻子的惯常动作,一次也没有出现过。

"我再问个问题,如果弹钢琴的人不是罗热,而换成另一个人,效果会有很大的不同吗?"采臣把窗帘拉开,让院外的阳光照进来。他手里拿着那张 CD,正反面看了看,对我道。

"那是不用说的。假如演奏者换成郎朗,你刚才感觉到的那层雾,也许就消失不见了。每个演奏家对作品的理解是很不相同的。"

"那么,除了这个萨蒂之外,还有没有其他风格类似的作曲家,可以听一听?"

我想了想,告诉他,假如他喜欢这种类型的音乐,刚才提到的萨蒂的弟子德彪西,就很值得一听。尤其是他的《意象集》和《二十四首前奏曲》。另外,肖邦的《夜曲》,海顿的钢琴奏鸣曲,也都是不错的选择。

"那么,什么是羽键琴?"

"羽键琴是现代钢琴的前身。有人叫它古钢琴。您也喜欢羽键琴吗?"我不由得抬起头,再次打量着这位让蒋颂平感到恐惧的神秘家伙。

"我从没听过。只是随便问问。"

丁采臣不安地看了一下手表,猛吸了一下鼻子,皱着眉头问我,如果现在不急着赶回去,是否愿意留下来和他一起吃中午饭。听得出,他的语气十分勉强，大概是希望我表示拒绝的吧。

虽说我心里明明知道这一点，但我却毫不犹豫地答应了他，留下来吃午饭。其中到底是什么缘由，你大概也能猜得出来吧。

他随后又补充说，他们家没有做饭，得到外面去，路有点远。临出门前，我去了一下洗手间。

我走到楼梯口对面，在开着鹤顶红的花缸边上，不经意中听见楼上传来了女人的咳嗽声。这人到底是他的女儿还是夫人，或者是别的什么人，我不知道。紧接着，又是两声咳嗽。当我从卫生间出来，不由得朝楼上看了一眼，又转过身看了看丁采臣，心里琢磨着，要不要提醒他招呼楼上的人一起去吃饭。

他正在门边换鞋。他脱下北京人常见的懒汉鞋，从衣架上取下灰色的风衣，忽然对我笑了一下，道：

"对不起，忘了跟你说了，剩下的二十六万，我会很快打到你的账户上。不用担心，我有你的卡号。"

听他这么一说，我就有点后悔。如果他早几分钟说出这样的话来，我本来是没有什么必要留下来陪他吃饭的。

餐厅就在小区会所的隔壁，那是一个湖南风味的馆子。空气中隐隐可以嗅到陈旧而浓郁的辣椒油的味道。我们随便找了张桌子，坐了下来。时间似乎还早，大厅里暂时只有我们两个人。五六个服务员聚在服务台边上，很小声地用湖南话聊天。

不久，一个胖乎乎的姑娘，腋下夹着一本菜单，慵懒地朝我们走了过来。丁采臣从她手里接过菜单，随便翻了翻，就对胖丫头说："先给我们上壶茶来，就普洱吧。另外，你替我拿个烟灰缸来。"

"我们这儿，是不让抽烟的。"胖姑娘态度生硬地说。

丁采臣抬起头，把鼻梁上的眼镜往上推了推，盯着她看了几秒钟，那神情，就像是他没弄明白对方说什么。随后,他嘿嘿地干笑了一下,再次对她低声吩咐道:"没关系。你替我拿个烟灰缸来。"

"可是先生,不好意思,按规定,公共场合是不准吸烟的,希望您能配合。不好意思,如果您实在想抽的话……"

胖姑娘没能把话说完。因为丁采臣已经从椅背上风衣的口袋里,摸出一个黑笃笃的东西来,轻轻地把它放在桌子上。

那是一把手枪。

丁采臣那张瘦削而灰暗的脸,陡然间也变得狰狞起来。我知道"狰狞"这个词,用得有些不太恰当,因为,突然浮现在他脸上的那片阴云,分明是一种不加掩饰并且在瞬间被放大了的痛苦。这种表情之所以令人胆寒,是因为我已经明显地感觉到,这个看上去显得病弱的人,眼看就要失控了。

我还是第一次在生活中见到真正的手枪。怎么说呢,恐惧就好像被什么东西包裹住了,我竟然忍不住想伸手去摸一摸。这个想要摸枪的冲动,使我一度忘记了害怕。说实话,虽然那把枪就在我的眼皮底下,我还是有点不敢相信这件事的真实性。当我从被延迟的惊愕中回过神来的时候,我发现,那个负责点菜的胖姑娘早已跑得没影了。

大厅里随之空无一人。

很快,一个五十多岁、自称是老板的人,旋风般地出现在我们面前。他弓着身子,谦恭地傻笑着,不住地点头哈腰。他称比他年轻至少二十岁的丁采臣为"丁大哥"(这说明他们本来是认识的),称刚才的那位胖姑娘为"小逼秧子"。她刚从醴陵乡下来,是他的外甥女。他不断地劝说我们,将座位移到包房里去。见丁采臣始终不发一言,老板也没敢再坚持。他又劝采臣将桌子上的那件"宝贝"收起来,免得待会儿客人多了,太过扎眼。采臣仍然不说话,就好像他沉浸在某种巨大的痛苦之中,渐渐地上了瘾,对老板善意的提醒置若罔闻。老板愣了半天,只得随手在那把手枪上蒙了一块黄色的餐巾。

桌子上很快就出现了各色菜肴,还有两只精致的水晶烟缸,外加一包"九五至尊"的南京牌香烟。

奇怪的是,在后来整个吃饭的过程中,丁采臣居然一支烟也没抽。他吃得很少,也不怎么说话。因为餐巾底下那把枪的存在,我心里盼望着这顿饭赶紧结束,即便他说过一些什么话,也完全充耳不闻。比方说,当我开车沿着京平高速往家赶的时候,在田家峪附近穿越隧道,我忽然回忆起来,丁采臣在饭桌上曾经问过我,如果这套音响系统将来出现某些故障的话,能不能麻烦我随时过来,帮他看一看。

我当时的回答大概是这样的:

"那是自然的。干我们这一行的,都有点恋物癖。在常人看来,确实有点变态。一个好东西出了手,心里总会一直惦记着。一点都不夸张地说,就好像嫁出去的闺女一样。自己不能保护她、照料她,却暗暗希望新用家能像自己那样善待她。虽说明知道她已嫁了人,心里还是忍不住随时要去探望的冲动。这是发烧友的通病,外人是很难理解的。

如果日后能有机会，到您家再看她两眼，对我来说，简直是求之不得啊！"

丁采臣心不在焉地道了谢。他盯着我的眼睛，半天不说话。看他那神情，就像是脑子里同时盘算着好几件事。最后，他大概是实在找不到什么话说，就再次提起了那笔钱，突然朝我灰灰地一笑：

"放心吧，我会把那笔钱打到你的账户上。我这个人，没什么优点，但说话还是算数的。在这个世界上，什么事都可能发生，但我欠你的那二十六万，一分都不会少。"

那天下午，我从盘龙谷回到家中之后，你大概可以猜出来，我做的第一件事，就是从网上将那部名为《倩女幽魂》的电影下载下来，从头到尾看了一遍。我只看了个开头，就已经琢磨出味儿来了。

我指的是，蒋颂平第一次向我介绍丁采臣的时候，为什么会莫名其妙提到这部电影。

红色黎明

两天过去了。

两个星期过去了。

一个月过去了。

丁采臣许诺的那二十六万并未打到我的账户上。我能预感到大事不妙。但又说不出个所以然来。苦苦煎熬了好几天，最后还是忧心忡忡地拨通了他的手机。电话中传来了一个十分陌生的声音。我能够断定，接电话的人不是丁采臣。因为这个人在说话时，夹杂着十分浓郁的山西口音。

"你有什么事？"对方冷冷地问了我一句。

可没等我把音响款这件事的来龙去脉说清楚，

他就凶狠地打断了我的话,怒道:"你挨球了!你他妈的,是活腻味了,还是怎么着?"

随后,他就把电话挂断了。

后来,我又曾无数次鼓起勇气,想再打一下那个电话,到最后一刻,还是放弃了。我始终没搞懂,你挨球了,是个什么他妈的鸟意思!我只得再次去麻烦老朋友蒋颂平。

"兄弟,我当初怎么跟你说来着?让你跟这种人打交道得留个心眼,现在怎么样?"颂平压低了声音,对我道,"不瞒你说,我这里现在也乱成了一锅粥,烦着呢!我那老不死的老娘,缠着老子带她去什么新马泰!亏她娘的想得出来!他妈的!等会儿我再给你打过来……"

可他后来再也没来过电话。

一个北风呼啸的午后,混蛋常保国拖着他那条残腿,一瘸一拐地来到了我的住处。无论我怎么跟他解释,他总是用怀疑和失望的目光望着我,又是摇头，又是叹气。就好像我真的做了什么见不得人的事似的。他让我自己确定一个搬家的日期，以免他最终失去耐心。这话已经有点威胁的意思了，可他怕我理解不了，觉得很有必要把话说得更明白一些。他说，他对我已经"仁至义尽"；人的忍耐力其实是"非常非常非常"有限的；像他这样的滚刀肉，是什么事都做得出来的……

我听见他在骂骂咧咧的同时，口口声声都在重复着一句话：今年的事，无论如何不能拖到明年。我心里就有了底。我知道，他的意思，无非是让我在年前搬家。我又气又急，头脑就有些发昏，一咬牙，就把搬家的日子定在了十二月三十一号，也就是元旦的前一天。屈指算来，也只剩下三四天的时间了。在他的要求下，我还给他写了个字据。

我住处的楼下，有一片杂草丛生的桦树林，树林边上有一个变电房。站在卧室的阳台上，我看见常保国一摇一晃地走到树林边上，忽然停了下来。他点了一支烟，朝桦树林的草棵子里挥了挥手，变电房的院墙后突然就闪出一个人来。

她一边朝他跑过去,一边还回过头来朝楼上张望。很快,夫妇二人互相搀扶着,就像风浪中颠簸的小船,一路摇晃着穿过马路,走到了356路公共汽车站的站牌前。

生平第一次,我发现我那满脸褶子的老姐姐,其实还是挺幽默的。

我知道于事无补,但还是在网上挂出了一张大卖单,以低廉的价格出让所有的音乐器材。为了凑够搬家的费用,如果有人要,我也很乐意把自己卖掉。很快,就有一位买主找上门来了。

他是装甲兵部队的一位姓沈的大校。他看中了我那对 Red Dawn 扁线。

一天傍晚,沈大校亲自开着军车,带着现款,到我家里来取货。他说,他之所以决定接下这对喇叭线,是因为他新婚不久的妻子喜欢这款线的中文译名:红色黎明。它会使人在听音乐时,联想到一轮红日喷薄而出的壮美。

唉，人到了走投无路的时候，很容易犯迷糊。我跟大校刚一见面，居然对着这样一位素不相识的现役军人，大倒起苦水来，把我和丁采臣之间的音响买卖，絮絮叨叨地跟他说了一遍。我知道这样做，把自己的软弱可怜暴露在陌生人面前，是一件很丢脸的事，但不知怎么搞的，我根本无法克制自己，就像他就是上帝因顾怜我的不幸而派来的一位天使。

虽然我不断地暗示对方，丁采臣是一个让人感到恐惧的人，有点深不可测，但他把枪拍在餐桌上那件事，我思虑再三，还是没敢说出口。沈大校高大威猛、表情刚毅，就连脸上的那几个坑坑洼洼的麻点，看上去也给人很强的安全感。他十分耐心地听完了我的唠叨，很不屑地朝我笑了笑，瓮声瓮气地道：

"崔师傅，你老兄，有点神经过敏啊！听了半天，我怎么没觉得这事有什么恐怖的地方啊？对方出于经济或其他原因,延迟付款,甚至拒不付款,是常有的事。没什么了不得的,实在不行,还可以打官司啊。这样,你如果打电话找不到他,那就不妨开车去一趟,找到你说的那个姓丁的,当面把这件事问个明白,总比你在这儿无端折磨自己要好得多。"

他大概看出了我脸上露出的胆怯,随后又半开玩笑似的加了一句:

"你们这些人,就爱杯弓蛇影,自己吓自己。如果你真的担心会出现什么意外的话,我明天派两个扛枪的战士,跟你一起去如何?"

我谢绝了他的好意。不过,他的一番告诫,也多少坚定了我心中的一个念头,那就是:要想顺利地拿回那笔钱,除了再去一趟盘龙谷之外,似乎也确实没有更好的办法了。

莱恩哈特

早晨出发的时候,天空沉黑沉黑的,下着小雨。说是雨,又有点像雪。那雨滴和雨丝,滞重而透亮,刺人肌骨,仿佛随时都会变成纷纷扬扬的雪花。汽车进入平谷山区时,雨忽然下大了,密如贯珠的雨点,在空旷无人的高速公路上,腾起了漫天的水雾。

一般来说,在隆冬时节的北京,出现这么大的暴雨,是十分罕见的。那些喜欢杞人忧天的学者或教授们,一定又要大做文章了吧。你知道,任何自然界的灾异,或者季节和气候的反常,都可以被他们看成这个世界即将完蛋的象征。他们成天在网上指东说西，似乎人人都是治理国家的行家里手。他们的言论，有点像紊乱的内分泌，一嘟噜一嘟噜地往外冒傻气；又有点像是出疹子，一阵冷，一阵热的。你要是当真把它当着劝世良言来琢磨，嗨，还真不知道他们在说什么！

比如说，他们总爱成天嚷嚷着，汶川地震是三峡大坝蓄水所致；东南亚的海啸是由于海洋温度的急遽升高；海底的沼气一旦喷发，将会杀灭地球上百分之九十的人口。既然如此，那咱就低碳吧，可你要是让他们少用两度电，少开两天车，那简直就像是要了他们的命。除了抱怨，反正他们什么事都不会去做。如果夏天蚊子少了，他们会说，哎呦呦，如今这个世界，已经堕落到连蚊子都羞于活下去的地步了呀；如果蚊子多了，他们又会说，妈呀，这个世界，恐怕也就适合蚊子这样的动物生存繁衍了。最令人啼笑皆非的说法——有一个刚从图宾根回国的素食主义者，专门研究什么"联合摩擦"的，也是我的客户之一，竟然认为导致全球气候变暖的罪魁祸首,既不是汽车尾气,也不是什么工业污染,乃是源于奶牛放屁或打饱嗝。他动不动就喜欢用"乃是"这个词,不知是什么道理。

尽管他们说得头头是道,我认为他们基本上都是在扯淡。就算他们说的是真的,那跟我这样一个眼看就要被姐姐赶出门去、无处安身的穷人,到底有什么关系呢?毁灭就让它毁灭好了。我没有余力来关心这些大事。

我脑子里只有一个卑琐的念头,那就是如何顺利地拿到丁采臣该给我的那二十六万,然后在十二月三十一日之前搬到农家院去,以便保住我那点可怜的信用。不管怎么说,在常保国那样一个人渣面前失去信用,对我来说,是无论如何不能容忍的。

我把汽车停在了丁采臣家的院子外面。

我没有立即下车,因为我听见了丁采臣家传来的悠扬的音乐声。那声音,似乎在明白无误地提醒我,既然采臣还在听音乐,那就说明,什么事都没有发生，一切都安好如初。那饱满通透的钢琴声，当然是从我那对AUTOGRAPH音箱中发出来的，这一点，我完全能够分辨得出来。接着，我很快就判断出，那是吉利尔斯演奏的勃拉姆斯的《第二钢琴协奏曲》，而且是一九七二年与约胡姆合作时的录音。在世界上所有的钢琴协奏曲当中，勃拉姆斯的这首《第二》在我心目中首屈一指的地位无人能够动摇。它是我的"安魂曲"。在我看来，就连贝多芬那首乐迷们顶礼膜拜的《皇帝》，也完全无法与它相提并论。我坐在车上听完了这首曲子的第三乐章，晦暗的心情随之变得明亮起来。车外呼呼地刮着干烈的北风，却无法冷却音乐带给我的温暖。在那一刻，它使我完全忘掉了自己糟糕的处境，唤醒了我心底里那压抑已久的职业自豪感：

如果一个人活了一辈子，居然没有机会好好地欣赏这么美妙的音乐，那该是一件多么可怜且可悲的事啊！

还是像上回一样，我沿着不时溅出泥浆的砖石小径，绕到这栋别墅的北面，按响了木门框上的红色门铃。微弱的钢琴声忽明忽暗，一直在持续，但半天无人出来应门。我只得又摁了迟疑不决的第二次和孤注一掷的第三次。终于，在别墅东侧的半截楼梯上，那扇大门往外推开了。一个裹着头巾的妇人，披着一件黑底碎花的绒布棉袄，打着一把豆绿色的雨伞，从屋里走了出来。

那块绸质的头巾，把她的脸严严实实裹住了，只在眼睛部分留下了一条缝。她的装束，很容易让人联想到保守的阿拉伯妇女或者蒙面的车臣恐怖分子。说实话，当她一边打量着我，一边朝我慢慢走来的时候，我的心忍不住抖了两抖。

隔着木栅栏院门，我向她说明了来意，并介绍了我跟丁采臣音响交易的整个过程。我故作轻松地提醒她，她此刻正在欣赏的音乐，正是从我专门为她家配置的音箱中发出来的。还算好，在经过明显的犹疑之后，那扇木门终于打开了。

在居室门口换鞋的时候，我意识到自己的袜子没有换,那双烂皮鞋又进了水,溢出来的气味已经很难用"臭"这个字来形容了。我害怕脚上的味道会熏着她,没有选择拖鞋,而是从鞋架上取下一双在室内穿的懒汉布鞋,希望它多少可以帮我遮一遮阵阵袭来的恶臭。

可那个女人立刻阻止了我。她嘟嘟囔囔地提醒我,门边有拖鞋。

我担心身上的雨水弄脏了她家的沙发,特别是由于刚才换鞋时不愉快的一幕,我决定站着跟她说话。

我问她,采臣是不是出去了?这时,妇人已经走到了落地窗边上的音响前,关掉了莲12的电源。屋子突然安静了下来。

"他不在了。"

我又问她,采臣什么时候能回来?我可不可以在这儿等他?

"他不在了。"她重复了一遍刚才的话。即便是在室内,她也没有取下蒙在脸上的绸巾,让我觉得很不自在。

如果你当时也在场，听到她重复"他不在了"这句话的时候，心里会不会冷不丁咯噔一下，进而去猜测所谓的"不在"到底是他妈的什么意思？你会不会在心里一边觉得难以置信，可仍然会忍不住暗暗揣测：莫非，那个丁采臣，那个随随便便就可以将手枪拍在餐桌上的丁采臣，那个让蒋颂平提到名字都会发抖的神秘家伙，这会儿，已经，他妈的，已经死了呢？

你算是猜对了。

她告诉我，大约在一个星期之前，丁采臣从东直门一栋三十多层的写字楼顶端——手里甚至还端着一杯咖啡，跳了下来，死了。

就这么简单。

很显然，丁采臣的死讯带给我的震惊，已经暂时性地压倒了我对于那二十六万揪心的渴望，促使我将自己的烦心事抛在一边。我随手从茶几上抓过一张《新京报》，摊开它，垫在沙发上，坐了下来。

这个女人，在跟我讲述丁采臣的死况时，那种轻描淡写的语调，多少有点幸灾乐祸的意味，让我对她的身份也产生了极大的疑虑。我在心里提醒自己，在这个时候，直接询问她和丁采臣的关系，恐怕有些唐突。因为过于谨慎，我在无意间犯下了一个更大的错误。在一种头皮发麻的亢奋和惊悸中，我悄悄地猛吸了一口气，这样对她说：

"不好意思，也许我不该这么问，您脸上，为什么要蒙着那块头巾？"

她明显地愣了几秒钟，随后道："我也不想这样。如果你不害怕的话，我现在就可以把它取下来。怎么样？你要想好。"

说实在的，我一时没听懂她的话。你知道，当时，我的脑子里甚至出现了一个最大胆同时也是最荒唐的念头：这个人其实就是丁采臣本人，他学着女人的腔调说话，故意在脸上蒙块头巾，仅仅是为了跟我开个玩笑……

我当时是怎么回答的，现在早已想不起来了。

我仅仅记得，那女人稍稍偏转了一下身子，将那块棕色的绸巾取了下来，然后，猛地一下，就朝我转过身来。

那是一张被严重毁损的脸。

如果你有幸看到那张脸，一定会和我一样，立刻就能判断出，导致这张脸彻底变形的，并非是硫酸一类的腐蚀液体，而是钢刀！

横七竖八的伤口已经结痂，在她脸上布满微微隆起、纵横交错的疤痕。我不知道应该如何来描述这张脸。它仿佛在我眼前无声地复现出，她在遭到袭击或者残忍的蹂躏时，那粗野而令人发指的一幕。

如果你小时候接种过牛痘的话，一定能大致想象出，皮肉被划糟后的结痂，到底是个什么样子。在左眼下方，靠近颧骨的地方，有一个三角形的窟窿，虽然经过修复和植骨，还是留下了一个明显的、瘪塌塌的凹坑。右脸那条巨大的刀疤，斜斜地直达耳根，皮肤缝合后留下了密密的针脚和线影，粗一看，就像是脸上趴着一条正在甩尾的蝎子。鼻翼的一半永久地失去了，修复后留下了一个粗率的圆洞。

后来，我知道，这部分鼻翼的消失，不是由于利刃的砍削，而是源于牙齿的直接咬啮。事后，这部分组织没有被找到，只能证明施暴者之一把它咽进了肚子里。同样被咬掉的还有一小块嘴唇。即使她抿住嘴，两颗牙齿也会直接暴露在外。这张丑陋而令人厌恶的脸，与她白皙、细长的脖子连在一起，让人联想到一朵正在开败的山茶花：花叶和花枝生机勃发，青翠欲滴，可花朵早已烂黑如泥。

"您刚才说，您是为这套音响来的，"她说，"难道他没付您钱吗？"

"付了一部分。十三万吧。"我有些尴尬地朝她笑一笑。

"那么，总价是多少钱？"

"三十九万。"

"哦，原来是这样。我明白了。"

我一时拿不准，究竟应该如何对付这张脸。你知道，在那种情况下，盯着她看固然不太礼貌，可把目光挪开，故意不去看她，也会让对方心生不悦。好在她再次侧过身去，将视线投向窗外。

雨还在淅淅嗒嗒地下着，风也是越刮越大。

"您看这样行不行？您只要把那十三万退回来，可以随时把这套音响带走。"过了好半天，她冷漠地说了这么一句。

我不得不严肃地提醒她，从表面上看，她的这个说法公平合理。但从我的角度，那是根本不能接受的。你不妨替我想想，仅仅为了从通州的卖主手里购买那台莲12，我就已经花掉了全部的积蓄。换句话说，如果我接受她的建议，且不说我心心念念的农家院的房子顿时成为泡影，也不管混蛋常保国与我商定的搬家期限正在一天天逼近，好吧，先不谈这些烦心事，如果我按她说的，给她退回十三万而取回我的音响的话，那岂不是就等于说，我忙乎了两个多月，一无所获不说，还白白搭进去六万八千元，买了一台我自己根本用不着的莲12，换了你，你会答应吗？

因此，为了让她准确地了解整个事情的来龙去脉，我觉得，似乎很有必要将我姐姐逼我搬家这件事跟她说一说，以激发起她的同情心。我认为自己已经把话说得再清楚不过了，可这个女人还是有些似懂非懂。当然，我不能指望她这样一个身份的人，会为我这样一个穷光蛋去设身处地。

"您如果肯留下这套音响，对我来说，那是再好不过了。他知道我喜欢听音乐，才会在自杀前，向你订下这套音响。我可不是什么发烧友！平常我用来听音乐的，不过是一对普通的电脑音箱。可我第一次听你这个箱子，立刻就深深地喜欢上了它。你这套音响，真是有点，唉，那声音，怎么说呢，有点色。如果你想要把它拿走，我还有点舍不得呢。你看这样行不行？钱，你一点都不用发愁。他死后，公司的账户被冻结了，但那是暂时的。也许是因为没有还清的债务，也许是公司正在清点他的遗产。我自己手头一时拿不出那么多钱来给你，但我可以向你保证，一旦他的账目清理完毕，我会立刻给你付清剩余的钱。也可以额外付你一点利息。你现在手头毕竟已经有了十三万，对不对？不妨租个房子，搬进去先住着。你觉得呢？"

看来，也只能这样了。其实，不瞒你说，我心里也是这么盘算的。现在的问题是，如果在三天以内就要找到合适的房子，把家搬过去，对我来说，时间是紧了一点。听到我的顾虑之后，她转过身来，朝我笑了笑（如果那种口形的机械变化也可以被称为"笑"的话）：

"实在不行，我还有一个办法。如果你一时半会儿找不到合适的房子，也可以搬过来，在我这儿先对付几天。反正我一个人，也住不了这么大的房子。"

听得出，她是在开玩笑。

即便她说的是真的，我恐怕也忍受不了那张

脸。在她说这番话的时候,我脑子里忽然出现了一个新念头,让我心里轻松了许多,就像我手里捏着一张随时可以兑现的大额支票。

我想起了老朋友蒋颂平,想起了他多年前对我说过的一句话。

临走之前,我向她提出了一个一直盘踞在心中,却又不敢贸然出口的问题:究竟是什么原因,让丁采臣一时想不开,寻了短见?

"他呀,倒也不是想不开。"她立即纠正了我的话,就像是谈论一个陌生人一样,淡淡地道,"要我说,他这次跳了楼,倒是想开了呢。他早该如此。"

"我是说,我有点不敢相信,像丁采臣这样的人,也会自杀……"

"嗨,就连韩国总统,不也自杀了吗?这有什么好奇怪的!"她不屑地感叹了一句。随后,她为我打开房门,看着我换鞋,似乎忽然想起一件什么事来。

"您知不知道，在哪儿可以买到莱恩哈特的唱片？我指的是，他用羽键琴弹奏的《哥德堡变奏曲》。"

听她这么问，我稍稍有点意外。毕竟，这张唱片在发烧界十分冷门，在中国，也许只有极少数的发烧友有幸听过。

"市面上怕是很难找到了。不过，我家里倒是有一张。你可以给我写一个地址，我明天就让'小红马'给你快递过来。"

她道了谢，找来纸和笔，给我留下了她的通讯地址。为了便于联络，她还往我的手机上打了一个电话。

在和蒋颂平见面之前，我对这位发小还抱有很大的幻想。我打算一见到他，就立刻向他提出以下两个请求，供他挑选：

第一，请他先借我二十多万，如果顺利的话，加上丁采臣预付的十三万，我明后天就可以把家搬到农家院去。

第二，干脆说服蒋颂平接下那套音响系统。当年，我从牟其善家中买下这对宝贝时，一直瞒了他六七年。后来他知道此事后，曾经醋意十足地对我说，如果不是因为闹痢疾，那对AUTOGRAPH本来就应该是他的。他也曾向我提出过，用两倍的价格，从我手里买下这对音箱。

不论蒋颂平选择其中的哪一项，我的难题都将获得圆满的解决。考虑到蒋颂平在二十五年前对我说过的一句话，我认为自己是有把握的。

那是在一九八四年的冬天。当时，我还在红都服装店当学徒。蒋颂平把他们邮电学院的一位校花弄大了肚子，心急火燎地赶到了服装店的成衣车间，把我拽到厕所的门口，跺着脚，哭丧着脸，让我无论如何帮他想个办法，让校花的肚子恢复原状。

在那个年代，单单未婚先孕这样的事儿，就已经超出了我的道德底线；更何况，颂平时常带来向我炫耀的固定女友，并不是这位校花。说实话，我有点为难。不过，我对校方在获悉这种事情后会如何惩罚颂平，也有着十分清晰的概念。毕竟，他当时已经是中共的一名预备党员了。所以，我只有把我的自命不凡的道德感扔到一边，当即决定，带他们连夜赶往苏北的盐城，找我舅舅，帮校花打胎。

为了做到万无一失，颂平竟然提出了一个让我瞠目结舌的荒唐的要求：由我来扮演校花的男友。他的理由是，我不过是一个社会上的小混混，并不隶属于任何组织或机构，万一事情败露，也不会有什么了不得的"政治后果"。

很显然，他的顾虑是有道理的。我决定帮人帮到底，毫不犹豫地接受了他的建议。

在舅舅的妥善安排下，校花的刮宫手术十分顺利。舅妈每天都喜滋滋地给校花熬鸡汤，给她补养身子。而舅舅则拿出他差不多两个月的工资，给"外甥媳妇"买了一件昂贵的呢子大衣，算是见面礼。颂平照收不误,说是"临大事者不拘小节",而那位校花第二天就将呢子大衣穿在了身上,在镜子前搔首弄姿。

由于颂平还在读书,手头并不宽裕,我几乎承担了这次旅行的所有费用,包括顺道游览扬州的门票和食宿花销。

在返回北京的火车上,蒋颂平搂着他那昏昏欲睡的女友,一字一顿地对我说出了这样的一番话:

"兄弟,我欠你一个天大的人情。请你记住,如果有一天,你也遇到了迈不过去的坎儿,找到我老蒋,哥儿们会豁出性命来,以死相报。"

第二天,我一连给他打了七八个电话,他都没接。到了下午,我在闵庄路服装大厦的一个会议室里找到了他。

颂平被迫中断了董事会出来跟我说话。因为质量问题,从天津港刚刚退回来了一批货,弄得他焦头烂额。因此,他的脸色不佳是可以理解的。他铁青着脸，极为暴躁地让我"有屁快放"。

这可不是我平常熟悉的蒋颂平，我的心一下子就乱了。

蒋颂平皱着眉头，勉强耐着性子听我说明了来意，就用那种我听上去十分陌生的口吻，对我大声斥责道：

"我说你烦不烦？你是真傻呀，还是他妈的缺心眼？你有什么必要将丁采臣预付你十三万的事，告诉那个女人？丁采臣他妈的不是死了吗，这种事又没有字据，你不说，她怎么会知道？你一声不响地把那套音响拉回来，平白多得这十三万，随便到哪儿去租个房子，有什么不好？你现在倒好，跑来跟我借钱，我还正托人找关系向银行贷款呢！别说我现在没钱，就是他妈的有钱，我也不能借给你呀。我问你一句话，我们到底还是不是兄弟？"

你知道，我当时被他的这番话给彻底搞傻了。这句话，本来应该由我来问他才对啊！可我还是忍气吞声地冲他点了点头。

"那就对了。你我兄弟之间,怎么能动不动就谈借钱的事呢?人亲财不亲,这是规矩啊!规矩你懂不懂?本来是心照不宣的,你非要逼得我给你说破了,有意思吗?"

"可我,我现在已经,怎么说呢,有点走投无路了呀!"我脑子里一片空白,不敢指望他还能记得多年前在火车上说过的话。

"你说话时走走脑子好不好?你走投无路,跟我他妈的有关系吗?新鲜!逼你搬家的是我吗?干吗不去找你那神经病的姐姐?"

"好吧,您去开会吧。"我被他的一番混账话气得浑身发抖,不知不觉中,已经把"你"改成了"您"。我接下来所说的话,也已经完全不受理智的支配:"好吧,您忙您的。再见。从今往后,咱俩桥归桥,路归路,就当……"

"什么?你说什么?你把这句话,再给我说一遍!"蒋颂平那张脸,忽然间变得十分阴险而丑陋,把我着实吓了一跳。他的轻蔑,从牙缝中挤出来，令人望而生畏，"你是在威胁我，对吗？你谁啊？你以为你他妈的是谁啊？你要跟我断绝关系，是不是？你以为我稀罕吗？我什么时候亏待过你？嗯？我给你介绍了多少客户，你赚的每一分钱都有老子的心血，知道吗？你别忘了，你现在身上穿的这件衬衫，还是我蒋某人送的！他妈的，好心当了驴肝肺！"

一定是蒋颂平的高声叫骂惊动了办公室里的人，他没把话说完，两个助手就从屋里蹿了出来，把他连拽带推，拉回到屋子里去了。他们一边憎恶地瞪着我，一边劝颂平："少跟这种人一般见识！"

回到家中，我就像生了一场大病似的，衣服都没脱，就倒在床上蒙头大睡。一闭上眼睛，满头满脑都是蒋颂平的影子。我看见童年时代的蒋颂平，滚着一只小铁环，一手提着那条破棉裤，沿着光线黯淡的椿树街，一遍又一遍，无声地朝我走过来。都说冲动是魔鬼，你能够想象，那会儿我躺在床上，对自己刚才的不理智，是多么地后悔和厌恶啊！我仿佛觉得这个世界，突然间变得空阔而无趣。我知道一切都无法挽回了。毕竟，这么多年来，我心里真正在意的，也就这么一个朋友啊。

就这样，在附近工地上有节奏的打桩机的轰鸣声中，我昏昏沉沉地睡了过去。脑子里一刻不停地盘算着，要不要脱下身上的那件 Tommy 衬衫，放把火，把它烧掉。不过，我想得最多的仍然是，要不要立刻起身，赶到颂平的住处，向他道歉，请他原谅。

等到我被手机铃声吵醒的时候，已经是晚上十点多了。

"崔先生，我想告诉您，您不用费心给我快递那张唱片了。我刚才在网上找到了莱恩哈特那张 CD 的音频资料。已经下载了，正在听。"她说，"您听得见吗？"

我的脑子有点发蒙。过了好一会儿，才反应过来，电话是从蓟县的盘龙谷打来的。莱恩哈特的琴声，感觉上，就像是从另一个世界传来的，有点不太真切。我听了一小会儿，迷迷糊糊地提醒她，如果没什么别的事，我就要挂电话了。

"您现在在干吗？"她又问。

"什么都不干。"我懒得搭理她。我忽然瞅见暖气片上烘着一件旧衬衫，也是蒋颂平送的，心头猛地就是一紧。

"我是说，您那儿，能够看得见天空吗？"

"您什么意思？"我从床上爬起来，举着手机，走到了卧室外的阳台上。

"看到了吗？"她问道。

"什么东西？"

"你看天上。"

雨早就不下了，刮了一天的西北风也已经停了。越过那片光秃秃的树林，你可以看见天空的西南方向，出现了大片大片絮状的高积云，有点像棉花糖，又有点像花椰菜，被夜空那湛蓝的底色衬得绮丽而神秘。我注意到，澄澈的天空中，还有一个带柄的晶莹剔透的大勺子，那大概就是传说中的"北斗七星"了。

她是想让我看云呢，还是看北斗七星？我不敢肯定，也没有心思去问她。她那不合时宜的浪漫也让我厌烦透顶。她问我好不好看，我实在找不到话说，就耐着性子敷衍她说，实在是好看极了。随后，我点上了一支烟。

她又问了问我租房子的事。

她说，如果我明后天能找到称心的房子，那就算了。要是实在找不到合适的，而我在年前又必须搬家的话，可以搬到她那儿对付一阵子。听得出，这一次，她没在开玩笑。她还说，自从丁采臣死后，她没有一天能睡着觉。她把家里所有的镜子都用布罩上了。长时间的失眠已经让她出现了幻觉：她每次照镜子，都能看见丁采臣正在逃离的人影。幽光一闪，立刻就不见了。每次都能看见他没有来得及消失的一截裤腿,还有他脚上穿着的懒汉鞋。这种感觉,就好像他既未死去,也从未离开那处房子。只不过,她看不见他而已。

她还告诉我,她所在的那个小区,只有周末时才会有人住,左右隔壁的房子都还空着,一到晚上,整个山坳里,黑黢黢的,有点瘆得慌。

听得出,她确实有点儿害怕。

"如果您受不了我这张脸,我可以把它蒙上。"最后,她这样说道。

挂断电话之后,我望着那难得一见的清澈天空,发了半天呆。不知道为什么,我忽然有点鼻子发酸,忍不住流下了眼泪。

300B

第二天下午,我给搬家公司打了电话。

十二月三十一日清晨,我把家搬到了盘龙谷。

当天傍晚,我回到石景山的家中,把房门钥匙亲手交到了姐姐的手中,她没问我去了哪里,却哭着要来与我拥抱。

我躲开了。

第二年十月,我有了一个可爱的女儿。我们没有办理结婚证书。我甚至不知道她的真实姓名。她说,我随便叫她什么都行。我试着叫她玉芬,她居然也乐于答应。

我曾问过她,丁采臣到底是不是黑社会。她未置可否地回答说,是不是黑社会并不重要,重要的是他已经死了。忘了他吧。我又问她,黑社会的人居然也会被逼自杀,这到底是怎么一回事呢?她说,这只能说明,这个社会中还有比黑社会更强大、更恐怖的力量。丁采臣根本就不是对手。至于她说的这个"更恐怖的力量"到底指的是什么,我百思不得其解。

有一次,我死皮赖脸地缠着她,让她说说她的故事,她是哪里人?怎么会住到盘龙谷这个地方来的?因为听她的口音,似乎是个南方人啊。她支支吾吾,目光躲躲闪闪,最后,她长叹了一声,用一句模棱两可的话来搪塞我:"没什么好说的。我不过是丁采臣的一个人质而已。"

"这么说,你被绑架了?"我暗暗吃了一惊。

"你不也一样?"她冷冷地讥讽道。

我实在搞不懂她是什么意思。听她那么说,就好像我自己也是一名遭到绑架的人质似的,可这话又是从何说起呢?我活得好好的,想干吗就干吗,完全是自由的啊!

现在,在跟她干那种事的时候(你大概更愿意将它称之为做爱吧),我已经用不着在她的脸上蒙上枕巾了。关于她的一切,我所知甚少。所有与她身世相关的信息,都遭到了严格的禁锢,就像她的天生丽质被那张毁损的脸禁锢住了一样。

我偷偷地四处翻找她的照片,目的很明确,我很想看看,她毁容以前长什么样子。当然,我一无所获。

她安慰我说:"你别急啊,等女儿长成大姑娘的那一天,你就知道了。女儿什么样子,我原先就是什么样子。"

我也时常跟她谈起母亲。不知道为什么,有两次,我提到母亲多年前的那个预言时,她都不接话,情绪低落,默不作声。我以为她对这个话题很反感,其实是一个误会,因为到了这一年的十一月中旬,当我的女儿快要满月的时候,她忽然问我,能不能带她去母亲的墓地。她想去母亲的坟头拜一拜，给她老人家磕个头。

说实在的，我心里有点犯难。我倒不是不愿意带她去。你知道，我母亲去世那会儿，丧事从头到尾都是我姐姐崔梨花张罗的。母亲的骨灰葬在什么地方，我还真的不知道。可这话无论如何有点说不出口。事到如今，除了向我姐姐偷偷地打听墓地的位置，我没有别的法子可想。那天晚上，我躺在床上一夜没能合眼。好不容易熬到第二天早上，我悄悄地下了楼，躲进厨房边的储藏间里，拨通了我姐姐的电话。

姐姐听到我的声音，稍稍一愣神，随后就哇哇大哭起来。也不说话，光在那儿哭。等到她哭够了，就齉着鼻子让我马上回家。我问她母亲的墓地在哪儿，她理都不理。还是那句话，让我什么都别说，马上回家。她要给我包一顿茴香馅儿的饺子。仿佛她这辈子，就欠我一顿茴香馅儿的饺子。到了这个时候，我的眼泪也有点憋不住了。最后，姐姐逼我发了个毒誓，答应一周内就回石景山去看他们，这才告诉我，母亲的墓地在玉泉山脚下的金山陵园，跟父亲葬在一块儿，离卧佛寺不远。坐375路公交车，在红旗村下。她让我进了陵园大门后，沿左侧的山路一直爬到山顶，然后再往下走，第七排的第六个墓碑就是。墓前有一棵杏子树，是她当年亲手栽的。

两天后是一个晴朗而无风的日子。我们带着孩子前往母亲的墓地，她仍用头巾将脸围得严严实实。她告诉我，自打她来到北京之后，还是第一次离开盘龙谷。我们在西苑附近一家花店门口停了车，她去店里给母亲买了一大把洁白的马蹄莲。她把鲜花放在后座上，正打算从我怀里接过孩子，忽然又想起了一件什么事，她推了推我的胳膊，对我轻声道："是不是，也应该给爸爸买点什么呀？"我喜欢她在说"爸爸"这个词时特有的自然和亲昵。她再次下了车，跑进路边的一家小超市，给父亲买了两瓶牛栏山二锅头。

小家伙对墓地的一切都感到新鲜。我们在爬山的时候,她在母亲怀中的襁褓里一刻不停地蹬踢着小腿,嘴里"噢噢"地叫着。深秋的墓园里,有一种夸张的岑寂,树梢上方的天空蓝得有点让人发晕。因为墓地里几乎看不到什么人,我们拜祭完毕,倒也用不着将马蹄莲的花茎一一折断。看着父母墓碑前的那棵深黑色的小杏树,我心里不免有点后悔,也许应该大大方方地答应姐姐,让她一起来。

看得出,妻子的心情也很好。下山时,她忽然提出来,不妨随便找个地方吃午饭,然后顺道去游览一下卧佛寺附近的植物园。我立刻热烈地表示了赞同。可当我从陵园门口的公共厕所里出来之后,立刻就改变了主意。我推托肚子有点不舒服,执意马上回家。

我知道我的脸色很吓人。

我极力想掩饰内心的慌乱,让自己平静下来,结果反而弄巧成拙。就像是被鬼魂缠住了似的,下山后很长一段时间,我的车竟然一直在沿着公路的左侧行驶,令人疑惑的喇叭声响成了一片。

在回家的路上,我一直等着她问我,究竟出了什么事。只要她问,我就会把刚刚在厕所里收到的那条手机短信,毫无保留告诉她。可她一直在逗弄孩子,对我的惊恐和情绪异常没有任何反应。在这一点上,她也很像玉芬。

两个小时之后,我把车停在了盘龙谷小区会所的边上。在建设银行的 ATM 自动取款机上,我看到丁采臣答应支付的二十六万余款已悉数到账。

对于丁采臣的死,我以前也有点疑神疑鬼。我也曾多次变着法儿从妻子的嘴里套话,可当我接到这条让我魂飞魄散的手机短信之后,对于这件事的来龙去脉,却反而有点不太敢问了。

"要我说,这是好事。"当天晚上,妻子坐在床边,轻轻地拍着孩子,哄她睡觉,一边劝我道,"这二十六万是你应得的。你没偷没抢,我们问心无愧。至于说这人到底死没死,你用不着替他操这份心。"

话虽这么说，在接下来的两三个月中，我的眼前时常会浮现出丁采臣手里端着一只咖啡杯，从东直门的写字楼顶端一跃而下的一幕。怎么想都觉得很不真实。银行卡上突然多出来的那笔钱，我一分都没敢花。

有时，我也会向她抱怨说，我们总不能一辈子都这样不明不白地过日子吧？虽说现在这样也挺好，可不知道为什么，我一直感到不太踏实，心里有点儿乱，好像生活中的一切，都是一笔糊涂账。这样下去，行吗？

每当我提起这样的话头，她总是一笑置之："你要知道，这个世界上的一切，原本就是不明不白的啊。乱就让它乱吧！你要是爱钻牛角尖，想把一切都弄得清清楚楚、明明白白，你恐怕连一天都活不下去。事若求全何所乐？"

我仍在做我的胆机生意。

住在褐石小区的那个客户，似乎对 KT88 的管子感到了厌烦，他问我能不能替他做一台300B胆机，并帮他设法搞一套经过严格配对的美国西电公司的三极管。我试图说服他，300B其实并不适合他的阿卡佩拉，可教授忽然就生气起来，让我"只管做，少啰唆"。

我自然乐于从命。

我把机器给他送过去的时候，这位教授又在向他的妻子，那个体育大学的排球老师，抱怨世道的混乱和肮脏无序了。什么道德沦丧啦，什么礼崩乐坏啦，什么道术将为天下裂啦，全是扯淡。他进而断言：没有任何一个中国人，能在目前这个社会上过上好日子。很明显，他的妻子不爱搭理他，表情冷漠，在餐桌边低着头，飞快地发着手机短信。他似乎有点恼羞成怒，并再次使用了那个让我十分厌恶的反问句式：

"不是吗？"

我抬头看了他们一眼，放下手里的改锥，随后站起身来，把裤腰带往上提了提，用一种连我自己

都觉得陌生的语调对教授道:

"在这个问题上,是否可以容我也谈一点粗浅的看法?如果你不是特别爱吹毛求疵,凡事都要去刨根问底的话,如果你能学会睁一只眼闭一只眼,改掉怨天尤人的老毛病,你会突然发现,其实生活还是他妈的挺美好的。不是吗?"

图书在版编目(CIP)数据

隐身衣／格非著.-- 北京：北京十月文艺出版社，
2024.5（2024.8重印）
 ISBN 978-7-5302-2342-0

Ⅰ.①隐…　Ⅱ.①格…　Ⅲ.①中篇小说－中国－当代
Ⅳ.① I247.5

中国国家版本馆CIP数据核字（2023）第233248号

隐身衣
YINSHENYI
格非 著

出　　版	北京出版集团
	北京十月文艺出版社
地　　址	北京北三环中路6号
邮　　编	100120
网　　址	www.bph.com.cn
发　　行	新经典发行有限公司
	电话(010)68423599
经　　销	新华书店
印　　刷	北京盛通印刷股份有限公司
版　　次	2024年5月第1版
印　　次	2024年8月第2次印刷
开　　本	850毫米×1168毫米　1/32
印　　张	6
字　　数	77千字
书　　号	ISBN 978-7-5302-2342-0
定　　价	49.00元

如有印装质量问题，由本社负责调换。
质量监督电话　010-58572393

版权所有，未经书面许可，不得转载、复制、翻印，违者必究。